TAKE
SHOBO

溺愛偽婚

新妻は淫らに乱され

すずね凜

Illustration
ウエハラ蜂

蜜猫
MitsuNeko

溺愛偽婚　新妻は淫らに乱され

contents

イラスト／ウエハラ蜂

溺愛偽婚

新妻は淫らに乱され

プロローグ

大陸の二大大国のひとつであるアルランド王国は、万年雪を頂く高い山々に囲まれた緑豊かな美しい国である。

その首都の南西にある大きな湖の側に、白亜の王城がそびえ立っている。

「大陸の至宝」とまで謳《うた》われた美麗な城の奥の、特別な賓客だけが招かれる応接室で、七歳になるイムル王国皇女クリスティーナは、落ち着かなげに大きなソファに座っていた。

銀色に近いプラチナブロンド、透けるような白い肌、薄いすみれ色のぱっちりした瞳、ほっそりした肢体。ふんわりした純白のドレスに身を包んだ彼女は、繊細な陶器の人形のように美しい。

イムルは二大大国の片割れの王国だ。

東と西に位置する両国は、かつては大陸の支配権を争い長いこと対立していた。

しかし、現国王の代になると、抗争するより手を握り合うことで互いの発展を望むようになった。

この度、イムル国王は初めて、敵対国であったアルランドを訪問した。

両国の王は、ゆくゆくは同盟を結ぶべく、最初の話し合いに入ったのだ。

クリスティーナは父王に同伴され、この国にやってきた。

一粒種である彼女は、将来イムル王国を治める立場になるかもしれなかった。父王は娘の見聞を広める目的で、クリスティーナを伴ったのだ。

（お父様のお話し合いは、うまくすすんでいるかしら――）

父王の談合が終わるまで、彼女は一人この部屋で待機していることになっていた。

国外に出るのは初めてで、しかもかつての敵対国ということで、彼女はひどく緊張していた。

それでも子どもらしい好奇心は、この噂《うわさ》に聞く美しい城の内装に魅了されていた。

アーチが幾重にも重なった高いドーム型の天井一面に描かれた、美しいフレスコ画。緻密な彫刻を施した円柱。エキゾチックな形の調度品。今腰を下ろしているソファも、手の込んだ花模様の刺繍《ししゅう》のカバーが美しい。しばらくは、応接室をきょろきょろと物珍しく眺めていた。

だが、予定時間を過ぎても、父王の戻る気配はなかった。最初の会談ということで時間が長引いているらしい。

待ちくたびれたクリスティーナは、そわそわしだした。

（ちょっとだけ、ちょっとだけ――このお城の中を見てみたい）

立ち上がって部屋の中を見回す。

応接室の扉の外は警備兵が守っているので、応接室から外庭に出られるガラス扉に近づいた。ガラス越しに覗《のぞ》くと、よく手入れされた園庭には、西のイムル国には見られない珍しい花々が咲き誇っている。

（きれい）

そろそろと扉を開き、ベランダから園庭に出た。

春とはいえ、高地の空気は澄んでひんやり肌に心地好《ここちよ》い。その空気に乗って、甘く芳しい花の香りが流れてきた。

「わあ……」

一面紫の花が咲き誇っている。

どこまでも続く園庭が、すべて紫色の絨毯《じゅうたん》に覆われているようだ。

「すてき、なんてきれい」

クリスティーナはうっとりと、紫の花に囲まれた小径《こみち》をそぞろ歩いた。

「止まれ！　怪しい奴《やつ》！」

突然、澄んだ少年の声が背後から飛んできた。

「⁉」

驚いて振り向くと、小径の向こうに一人の背の高い少年が立っている。

十歳くらいだろうか。艶やかな肩までの黒い髪に、意志の強そうな黒曜石色の瞳。くっきりした目鼻立ち。仕立てのよい濃い紫色のベルベットのジュストコールがよく似合い、キュロットから覗く足はすらりと長い。

少年は警戒心を剥《む》き出《だ》しにした表情で、こちらを睨《にら》みつけている。その右手には、見事な象嵌《ぞうがん》細工を施した短銃を構えていた。

クリスティーナは震え上がった。

「わ、私……」

恐怖でうまく声が出ない。

少年の短銃はぴたりとこちらの心臓を狙っている。

「動くな。そのまま」

少年がじりじりと近づいてくる。間近で見ると、目の覚めるような美少年だ。相手が短銃を構えていなかったら、紫の花の精霊王とでも見まがったかもしれない。

「お前、真っ白じゃないか。幽霊か？」

真正面に立った少年が、じろじろとクリスティーナを見た。

クリスティーナは唇を噛《か》んでうつむいた。

アルランド国もイムル国も、濃い髪と濃い瞳の民族が主流で、クリスティーナのような色素の薄い人間は珍しい。イムルの王家の祖先に北国の妃《きさき》を娶《めと》った王がおり、その妃の隔世遺伝がクリスティーナの容姿に出たと、父王からは聞いている。周囲からは水晶のように澄んだ美貌と謳われたが、彼女にはコンプレックスであった。

今にも泣きそうな顔で押し黙っている彼女に、少年はさらに近づいた。そして――。

いきなり、ぱっとスカートを捲《めく》り上《あ》げられた。絹のストッキングと白いドロワーズに包まれた下肢が剥《む》き出しになった。

「きゃあっ！」

あまりに無礼な振る舞いに、クリスティーナは悲鳴を上げ、思わずその場にしゃがみ込んでしまった。

「なんだ、足があるじゃないか。人間なのか」

少年が少し口調を和らげる。

「すまない。最近城に幽霊がでると、侍女たちが噂していたものだから」

彼は短銃を懐に仕舞《しま》い、片手を差し伸べた。

「立てるか？」

クリスティーナはきっと顔を上げた。ぽろぽろと珠《たま》のような涙が溢《あふ》れ出《だ》した。

少年ははっと表情を動かした。

クリスティーナは差し出された手を邪険に払いのけ、すっくと立ち上がった。

「ぶ、無礼者！」

少年はクリスティーナの威厳ある口調に、気を呑《の》まれたように立ちすくむ。

「わ、私を誰だと心得ているの？　イムル国皇女クリスティーナよ！」

みるみる少年の頬が紅潮した。

「あ——では、君が来訪したというイムル国の……」

クリスティーナは屈辱の涙を止めることができず、言い募る。

「こ、こんな恥ずかしい目にあったの、初めてだわ。お父様に言いつけて、あなたに罰を与えてもらうわ！」

するとと少年がむっとしたように唇を尖《とが》らせた。

「泣くほどのことか。私は謝罪しただろう」

言い返されて怒りが募る。

「この国の人間は、礼儀をわきまえない無作法者なのね！」

少年の黒い瞳が怒りに見開かれる。

「なにを言う。イムル国の皇女は、寛容という言葉を知らない、心の狭い人間だな」

「失礼な！　あなた、誰なの？」

「私は——」

少年がぐっと胸を張った。

「アルランド国第一王太子、オズワルドだ」

「え——」

今度はクリスティーナが言葉を失った。

二人はしばらく互いを凝視した。

先に気を取り直したのは、オズワルドの方だったようだ。彼は表情を和らげ、クリスティーナに再度手を差し伸べた。

「初めまして、皇女」

だが怒りが収まらないクリスティーナは、その手を無視し、オズワルドを押しのけるようにして、小径を逆戻りした。

「生意気だな、君」

背後から憮然《ぶぜん》としたオズワルドの声が、投げつけられた。

「――」

クリスティーナは無言でずんずんと歩いた。はらわたが煮えくり返るようだ。

(なによ――最低だわ、あの王太子)

後に結婚することとなる、皇女と王太子の初対面は最悪のものになった。

第一章　淫らな初夜の儀式

初秋の、空が抜けるように青く高いその日、大陸中が歓喜に湧いていた。

大陸の二大大国であるイムル国王女クリスティーナと、アルランド国王太子オズワルドの結婚式が大々的に執り行われたのだ。

(何もかも、国のためよ。亡きお父上の遺志を継いで、私はイムル国のためにオズワルドの妻になるのだわ。これはあくまで政略結婚。偽物の結婚なのよ)

クリスティーナは胸のざわつきを抑え、必死に自分に言い聞かせていた。

彼女は純白のウェディングドレスに身を包み、アルランド聖堂に向かう廻廊《かいろう》を大勢の侍女に取り巻かれ、しずしずと進んでいく。

まさに匂いたつような十八歳。小柄だが、手足はすらりと長く、折れそうな細腰、ふっくらまろやかな胸元、均整の取れた見事なプロポーション。銀色に輝くプラチナブロンドに、ほとんど透明に見える澄んだ紫色の瞳。肌は染み一つなく透けるように白く、ウェディングドレスの白さに溶け込むようだ。

たっぷりとレースをあしらったドレープの美しいウェディングドレスは、トレーンが何メートルにも伸び、国中の貴族から選ばれたとびきり美しい少女たちが、ブライスメイドとして恭しく裾を持ち上げている。

艶やかな銀色の髪は頭の上に複雑に結い上げられ、ダイヤのティアラをあしらい繊細な長いヴェールを留めている。初々しく眩《まばゆ》いばかりの花嫁の姿に、誰もがうっとりとため息をついた。

だがヴェール越しに隠れたクリスティーナの表情は、幸福な花嫁とはほど遠い、暗いものだった。

（よりによって、花婿があのオズワルドだなんて……！）

子どもの時から尊大で意地悪で皮肉屋で、大嫌いだった王太子。

最初のアルランド国来訪以来、イムル国王は同盟を結ぶべく、たびたび同国を訪れた。そのたびにクリスティーナを同伴し、彼女は王太子オズワルドと顔を合わせるはめになった。

出会ったとたん、短銃を突きつけられてスカートを捲《めく》られた。

それ以来、二人の仲は険悪だった。オズワルドはクリスティーナに意地悪ばかりするようになった。

お気に入りの白いドレスに赤ワインをかけられたこと。「真っ白けで、ほんとうに幽霊みたいだね」と、からかわれたこと。ハンカチを奪われたり、靴を隠されたり、食べかけのお菓子を取られたり、数しれず悪戯《いたずら》ばかりされた。

なにより、「君は将来、僕のお嫁さんになるんだ。幽霊をもらってくれる男子なんて、きっと私だけだからね。ありがたく思いたまえ」などと、突然上から目線で言われたショックは、今でも忘れられない。

年頃になり、皇女としての勉学や行事が増え、国王に付いてイムルを訪れることも減りオズワルドと会う機会も無くなった。クリスティーナはほっとしていた。

それなのに――。

今、自分が向かう聖堂の奥で、花婿としてオズワルドが待っているなんて――。

（いやよ。逃げたい……でも、どうしようもない）

クリスティーナはきゅっと唇を噛《か》み締《し》めた。

イムル国王とアルランド国王が、正式に同盟条約を結ぶべく、互いの国境付近にある古城で会談したのは、一年前だ。

近年、砂漠の北にあるガザム帝国が勢力を増し、その脅威に対抗すべく同盟を結ぶことになったのだ。

不運な事故はその時に起こった。

古城の地下にある厨房《ちゅうぼう》から突然出火し、あっという間に乾いた古城に燃え広がった。城の最上階で会談していた両国の王は、逃れる術も無く火に包まれた。短時間で全焼してしまった古城の焼け跡から、二人の王の遺骸が見つけ出された。名君の誉れ高い両国の王の突然の死に、大陸は一時混乱に陥った。

不幸中の幸いなことに、両国には優れた重臣たちが大勢おり、早急に国勢を建て直す算段を始めた。

残された王族は、イムル国皇女クリスティーナ。アルランド国王太子オズワルド。両国の王妃はすでに早世しており、直系の跡継ぎは二人のみだった。

当時クリスティーナは十七歳、オズワルドは二十歳になっていた。

双方の重臣たちは、偉大なる国王を失った両国を亡き国王たちの遺志を継いで、ひとつに融合することで復興しようと考えた。

父の死を悼む間もなく、正当な後継ぎの二人に結婚の話が持ち上がった。

クリスティーナには否と言えなかった。

父王を失ったイムル国がひどく混迷していることは、彼女にもひしひしと感じられた。ゆくゆくはイムル国女王として父王の後を継ぐ気構えは出来ていたが、それはもっと先のことであると思っていた。

十七歳の無垢《むく》な乙女の身には、一国を背負って立つことはあまりにも荷が重かった。それよりは、アルランド国と手を結び、国力を増大させて政治を立て直す方が理にかなっている。

敬愛していた父王が志半ばで斃《たお》れ、彼の大陸平定の悲願を果たすために、オズワルドとの結婚を決死の思いで承諾したのだ。

だが、国のためとはいえ、この世で一番苦手な青年と結婚することになろうとは——。

肖像画や重臣たちからの情報で、今のオズワルドは機智《きち》に富んだ眉目麗しい青年に成長したということは知っている。だが、人間の中身がそうそう変わるとは思えない。

クリスティーナ自身だって、人見知りするところや、そのくせ負けず嫌いでプライドが高いところなどは子どもの頃から変わっていない。

（きっとオズワルドの性格も、あの頃のままだわ）

そう思うと、国中が歓喜して祝ってくれる結婚が、重い罰のように思えてくる。


つらつら思っているうちに、大聖堂の扉の前に到着していた。

観音開きの扉が重々しく開くと、中から荘厳なパイプオルガンの音が響いてきた。

「姫様、さあ、このまま中央通路を進み、花婿様のお手を取ってくださいませ」

側に付き添っていた乳母が、小声でクリスティーナに言った。

クリスティーナは頭をぐっと上げると、胸を張って大聖堂の中に足を踏み入れた。

高いドーム型の天井、華麗なステンドグラスの高窓。緋色《ひいろ》の絨毯を敷き詰めた中央通路の周囲には、両国の賓客がずらりと席に着いている。

そして、一番奥の突き当たりの祭壇の前に、真っ白なタキシードに身を包んだ長身の青年が立っている。

（オズワルド……！）

クリスティーナはごくりと生唾を呑み込み、一歩一歩祭壇へ近づいていった。

近づくにつれオズワルドの姿がはっきりし、その眩《まばゆ》い美貌に息を呑んだ。

すらりと引き締まった長身。特注の純白のタキシードが、長い手足を引き立てている。背中まである烏《からす》の濡《ぬ》れ羽《ば》色《いろ》の長い髪を、サイドだけ頭の後ろにふわりと結っている。知的な白い額、切れ長の黒曜石色の目、高い鼻梁《びりょう》、形のよい唇。

どこから見ても気品に満ちた完璧な容姿で、うっとり見惚《みと》れてしまいそうになる。

（なんて素敵になったの、オズワルド）

思わず胸がときめき、気持ちが浮き立ってきた。

オズワルドが優雅に片手を差し出してくる。ギリシア彫刻の太陽神のようなその姿に、クリスティーナは全身の血が熱くなるのを感じた。

どきどきしながら自分の手をそこにあずけた。

その瞬間、ハンサムな青年はからかうように言った。低い艶のある、背骨に響くようなセクシーボイスで。

「やっぱり、幽霊みたいな君をお嫁さんにするのは、私しかいないようだね。私の預言は当たったろう？」

刹那、過去の屈辱的な想い出がぱあっと頭に浮き上がり、クリスティーナはつんと顎を上げた。

「相変わらずうぬぼれ屋さんね。これは政略結婚よ」

オズワルドが面白そうに目を眇《すが》めた。

「おや、言うようになったじゃないか。泣きべそばかりかいていた君が」

彼に手を取られていることすら穢《けが》らわしい気がして、指がぶるぶる震えた。

「もう、子どもじゃあないわ」

「だから結婚できるんだしね、私と」

「もう、黙ってちょうだい」

司祭が近づいてきたので、クリスティーナは口をつぐんだ。オズワルドも何ごともなかったかのような顔で、平然と祭壇の方を向く。

膝を折りうつむいて司祭の言祝《ことほ》ぎを聞きながら、クリスティーナは胸に渦巻く様々な感情を抑えるので精一杯だった。

「オズワルド・ド・アルランド。あなたはこの女性を、健康な時も病の時も富める時も貧しい時も良い時も悪い時も愛し合い敬いなぐさめ助けて変わることなく――」

なんてオズワルドは立派で美しくなったのだろう。もし今日が彼と初対面なら、いっぺんで恋に落ちてしまったかもしれない。

でも、彼の口調は相変わらず尊大で意地悪だった。クリスティーナを苛《いじ》めて喜んでいた昔の彼と変わらない。

(輝かしい人生の始まりのはずの結婚式が、こんなに憂鬱なものになるなんて……)

ぼうっとしていると、ふいに側に並んで跪《ひざまず》いていたオズワルドが、軽く肘でつついてきた。

「あ……?」

はっとして顔を上げると、オズワルドが彼女にだけ聞こえる声で言う。

「クリスティーナ、司祭様にお返事を」

(いけない――誓いの言葉の返事を言わなければ)

司祭は優しく誓いの言葉を繰り返してくれた。

「あなたはこの男性を、生涯愛することを誓いますか」

クリスティーナはぐっと生唾を呑み込み、ひと言答えた。

「はい」

神の御前で偽りの誓いを口にしたら、どれほど罪の意識に苛《さいな》まれるだろうと覚悟していたが、逆になにか重荷がひとつ取れたように心が軽くなり、我ながら驚いた。

（いやだ、私ったら——舞い上がってる？）

ちらりとオズワルドの表情を窺《うかが》うと、彼はひどく嬉《うれ》しげな表情を浮かべている。思わずその端整な横顔に目を奪われ、心ならずも胸がざわついてしまう。

オズワルドが彼女に視線に気がつき、ふーっと深いため息をついた。それからやけに満足そうな声でささやく。

「君はほんとうに危なっかしい。私がついていないとだめだね」

むっとして睨《にら》み返《かえ》そうとすると、司祭の声に阻《はば》まれた。

「誓いのキスをどうぞ」

立ち上がって向かい合うと、オズワルドが顔を覆うヴェールをそっと上げた。黒曜石色の瞳とまともに目が合う。

青年に成長したオズワルドを、こんなに間近で見つめるのは初めてだ。ぞくりとするほど凄《すご》みのある美貌に、視線が外せない。心臓がどきどき早鐘を打つ。

ゆっくりと男の顔が寄せられる。

生まれて初めての、異性からの口づけだ。

緊張して思わず目を瞑《つぶ》ってしまう。

しっとりと柔らかな唇が触れてくる。

その刹那、背中に電流のような甘い衝撃が走る。

呼吸が速くなり、足が震えてくる。

オズワルドが優しく撫《な》でるように唇を啄《ついば》んだ。

「ふ……」

その感触に全身の血がかあっと熱くなり、目眩《めまい》がしてくる。ふいにぬるりと熱いものが、唇をなぞった。それが男の舌だと理解するまで、数秒かかる。

（あ？　キスって、こういうものなの？）

無垢なクリスティーナは狼狽《ろうばい》する。その隙に、オズワルドの舌が唇を割って侵入してきた。

「ん……んぅ？」

頭が真っ白になる。

柔らかな舌が、クリスティーナの口腔《こうこう》を丹念に舐《な》め回《まわ》す。それから咽喉《のど》の奥まで舌が深く押し入ってきて、息が詰まった。

「……く、ふ、ぁ……」

未知の甘やかな痺《しび》れが身体中を駆け巡り、心臓が破裂しそうにばくばくいう。

（あ、あ、気を失いそう……）

どうしていいかわからないまま、そのまま口づけを受けていると、司祭が軽く咳払《せきばら》いする。

「おほん、若い二人のお熱い気持ちはわかりますが、続きはのちほどゆっくりと――」

オズワルドが弾《はじ》かれたように顔を離し、臨席していた大勢の賓客たちが微笑《ほほえ》ましい笑いを漏らした。

クリスティーナは夢から醒《さ》めたように目をぱちぱちさせる。

(いやだ、もしかしたら、今のキスは礼儀に外れていたの?)

かっと頬を紅潮させてオズワルドを睨むが、彼はしれっとした顔で司祭の方を向いている。

(ひどい——私が何も知らないと思って、こんな衆人環視の中で、はしたないキスを……)

それなのに心地好《よ》く思ってしまった自分が、恥ずかしくてならない。

「ここに二人は正式な夫婦として結ばれ、アルランド国とイムル国も永遠の絆《きずな》を結ぶこととなりました」

司祭が客席に向かって声を張り上げると、どっと歓声が沸いた。すかさず祭壇の側に並んでいた少女少年合唱団が、美しく力強い祝婚歌を歌い出す。

混乱しているクリスティーナの手をオズワルドが強く握り、赤い絨毯を敷いた中央通路をゆっくり出口に向かって歩き出した。

賓客たちが全員立ち上がり、拍手と祝福の言葉を投げかける。

オズワルドは鷹揚《おうよう》な笑みを浮かべ、周囲に手を振る。そして、うなだれているクリスティーナに耳打ちした。

「顔を上げてにっこりしたまえ。私たちの結婚は、両国民から祝われているんだ。彼らのために、世界中で一番幸せな花嫁みたいに笑うんだ」

「わ、わかっていたわ、あなたに言われなくても、そうするわよ」

クリスティーナはきっと顔を上げ、にこやかに微笑んだ。

その大輪の花が開くような神々しい笑顔に、人々の歓声はいっそう高まる。

聖堂を出た二人は、石畳の通路の先に止まっている、真っ白な四頭立ての無蓋《むがい》の馬車に乗り込んだ。そのまま、大通りをパレードし、国民たちにお披露目《ひろめ》をするのだ。

大通りの沿道には、世紀の結婚をひと目見ようと、両国民がぎっしりひしめき合っていた。

白い馬車が姿を現すと、地響きのごとく歓声が沸く。

「おめでとうございます！　新国王陛下、新皇后陛下！」

「アルランド国万歳！　イムル国万歳！」

突然の先国王の死に、両国はしばらく政情不安であった。

そのせいもあり、両国の若く美しい国王と女王の結婚は、国民たちに諸手《もろて》を上げて祝福された。

馬車の上の新婚の二人は、輝くばかりに美しくまた幸せそうで、見る者を誰も彼も喜びに満たした。

この国王夫妻ならば、きっと明るい未来が待っているだろう、そう思わせた。

よもやにこやかに手を振りながら、二人が、

「左の方ばかり向いていてはだめだ。そら、こちらの群衆にも手を振らないか」

「わかっています。そちらを向くと、あなたの顔を見ることになるから、いやなの」

「そんなに私の顔に見惚れてしまうか？　光栄だな」

「あきれた。どこまでも自信過剰な人ね」

「私は美しい君の顔なら、いつまでも見飽きないけれどね」

「心にもないお世辞を言っても、なにもでないわよ」

「いや、私は君を手に入れたことで、もう欲しいものはなにもない。愛しているよ、私の可愛い花嫁――どうかな、このくどき文句は気に入った？」

「もうっ。そういう戯《ざ》れ言《ごと》をおっしゃるから、腹が立つのよ」

などと、小声で言い争っているとは誰も思いもしなかった。

結婚式、お披露目パレード、国賓たちを招いての晩餐会《ばんさんかい》、その後の無礼講の舞踏会――全ての行事が終了したのは、深夜一時過ぎだった。

クリスティーナは、長時間極度の緊張を強いられ、ようやくアルランド城に新しく建て増しされた、夫婦の離宮に戻って来た時には、身も心も疲労困憊《ひろうこんぱい》していた。

「ふう……」

侍女が持ってきたお茶を飲み、応接間のソファの上で、ぐったり身をもたせかけた。そこに、礼服を脱ぎ捨てラフなシャツとキュロット姿になったオズワルドが、ずかずかと入ってきた。

「なんだ、まだウェディングドレスのままか？」

気を緩めていたクリスティーナは、ぱっと身を起こした。

「もう、ノックくらいしてください」

「ノックも何も、ここは私たち夫婦の部屋だぞ」

オズワルドは、侍女たちにもうよいというように手を振った。侍女たちは恭しく一礼すると、さっと部屋を退去した。

オズワルドは大理石の暖炉にもたれ、軽く腕を組んだ。そういうさりげないポーズも絵になって、悔しいけれどうっかり見惚れてしまいそうになった。

「今夜は疲れたろう。君はゆっくり湯浴《ゆあ》みでもしてくるがいい」

労《いたわ》るような声に、疲れているせいか素直にうなずいてしまう。

「はい」

ゆっくり立ち上がると、オズワルドが付け加えた。

「まだ、花嫁の務めが残っているからね」

とたんに心臓を掴《つか》まれたような衝撃を受けた。

（そうだ――これから私、初夜を迎えるのだ）

妻として、契りを交わすのだ。

結婚前に、乳母からある程度、寝所での妻の務めについては教えてもらっていた。しかし、無垢なクリスティーナには、まるでぴんとこなかったのだ。

今の今まで、オズワルドと寝所を共にするということを忘れ果てていた。

そしてなにより辛いのは、初夜の儀式に数名の立会人がいる習わしだった。

応接室の次の間にある夫婦の寝所には、ベッドの側に大きな衝立《ついたて》が置いてあり、その後ろに初夜証明立会人たちがいるはずだ。

彼らは国王夫婦が完全に結ばれたことを確認するため、初夜の行為の一部始終を覗《のぞ》き見《み》し、事後の行為の痕跡まで確認するのが役目だ。

ただでさえ未知で恥ずかしい行為を、他人になにもかも暴かれるのだ。

（怖い……！）

棒立ちになった彼女を、オズワルドがいぶかしげに見つめた。

「どうしたんだ？」

クリスティーナは羞恥に耳まで血が昇り、背中に冷たい汗が流れるのを感じた。

（どうしよう……怖い……オズワルドに初めてを捧《ささ》げるのも、それを他人に見せるのも……怖い）

政略結婚だと割り切って、ここまできた。

だが、十八歳になりたての初心《うぶ》な乙女は。初めて男と二人きりになることに恐怖を感じたのだ。

「クリスティーナ？」

オズワルドが近づいてきて、そっと肩に触れようとした。

「や……触らないで……」

思わず肩を引いた。身体がかたかた震えてくる。

「クリスティーナ」

オズワルドがむんずと彼女の両腕をつかみ、強引にこちらを向かせる。彼女の顔を覗《のぞ》き込《こ》んだ彼は、はっと表情を凍り付かせた。

クリスティーナは静かに涙を流していた。

すべすべした肌理《きめ》の細かい白い頬に、ほろほろと大粒の涙がこぼれ落ちている。

「……」

オズワルドは押し黙り、しばらくしてから静かに言った。

「初夜が、怖いのか？」

クリスティーナは唇をきゅっと噛んだ。声を出すと泣き声になるので、なけなしの矜持《きょうじ》が沈黙させたのだ。

「泣くな――私は、その……君に泣かれると、とても、困惑する……」

今までの自信たっぷりで皮肉まじりの彼の口調が、気遣わしげになった。

（だめよ、こんなことで泣いたりしては――王妃としての務めだもの、我慢するのよ、耐えるのよ。それに、オズワルドにめそめそした女だと見くびられたくないわ）

ほっそりした指先で涙を拭うと、クリスティーナは精一杯虚勢を張って微笑んでみせた。

「な、なにも怖いことなど、ないわ。妻としての義務は、きちんと果たします」

オズワルドがじっと顔を凝視する。それまでのからかい気味の表情が消え、ひどく真摯な眼差しに、クリスティーナは鼓動が速まるのを感じる。

そんな深い青い目で見ないで欲しい。息が苦しくなる。

憎まれ口を叩《たた》かれればいくらでも言い返せるのに、無言で見つめられると胸が締め付けられて、言葉を失ってしまう。

「わかった――」

ふいにオズワルドが肩から手を離した。

そして彼は、まっすぐに寝所に向かった。

ドアを押し開いた彼は、天蓋《てんがい》付きの大きなベッドの側に立てかけてある衝立の方へ、大股で歩いていく。そして、いきなり衝立をむんずと掴んで手前に引いた。

ばたんと音を立てて衝立が倒れ、その後ろで椅子に座って控えていた三名の立会人の男たちが、驚愕《きょうがく》の表情でオズワルドを見た。

「司教殿大臣方、申し訳ないが部屋を出て行ってもらおう」

決然とした彼の声に、黒い法服を着た肥満気味の司教がおろおろと立ち上がった。

「陛下、これは、王族の慣習であります。初夜を見届けることは、国の将来に関わる大事な儀式で――」

「今すぐ退去せよ、と言っている」

オズワルドの声に凄みが増す。

「私が王になったからには、こういう旧態依然な慣習は即刻撤廃する」

呆然《ぼうぜん》として、男たちは立ちすくんだ。

「しかし、陛下――」

オズワルドは司教の言葉を遮り、厳しい声で言い募る。

「私は王としての務めは必ず全うする。この言葉を信じないということは、私に対する侮辱罪に当たる。罰が欲しくば、ここにいろ」

男たちは狼狽して顔を見合わせた。

と、オズワルドが表情を和らげ、目元をかすかに染めた。

「それに――秘め事にひと目があっては、私は、その……男の機能が働かない」

司教が緊張を解き、若い国王を柔和な目で見た。

「わかりました。我々は退出いたしましょう。お若いお二人の、大事な夜を台無しにすることは本意ではございませんから」

司教が促すと、残りの男たちもほっとしたようにうなずいた。

「では陛下、失礼いたします」

「うん。わかってくれて、感謝する」

オズワルドが白い歯を見せて微笑む。清々《すがすが》しく気品あるその笑顔には、誰もが魅了されてしまう吸引力がある。寝所のドア口で、はらはらしながら成り行きを見守っていたクリスティーナは、緩急自在なオズワルドの応対に感動すら覚えた。

(この人は、王として一番大事なものを持っている——人を引きつけてやまない魅力に溢《あふ》れているわ)

立会人たちはクリスティーナに恭しく礼をすると、部屋を出て行った。

にわかに部屋の中が静寂に包まれる。

オズワルドはクリスティーナを振り返った。

「さて、これでこの部屋は私と君の二人きりだ、いくらかは落ち着いたろう?」

「あ——」

クリスティーナはもしやと思い当たる。

「オズワルド、あなた——私のために人払いをしてくれたの?」

彼は肩を竦《すく》めた。

「お姫様に泣かれては扱いに困る——私は立会人がいようといまいと、君とことをなすことに問題はないのだがね」

いつもの不遜な口調に戻っている。彼が自分を思《おも》い遣《や》ってくれたと、少しほろりとしていたクリスティーナは、当てが外れて思わず言い返してしまう。

「あ、あなたと二人きりのほうが、よほど不安で落ち着かないわ」

オズワルドが軽く鼻を鳴らした。

「それは、私に心乱れてしまっているということかな」

「そ、そんなわけ、ないでしょう」

彼がつかつかと近づいてくる。

そしてクリスティーナの細い顎を持ち上げた。

「あ……」

「クリスティーナ、王と王妃の立場であれば、初夜の行為も義務かもしれない。だが——」

男の唇が、そっと額に頬に押し付けられた。その熱い感触に、肌がぞわっと粟立《あわだ》つ。

「男と女なら、違う——互いに求め合い与え合う、それがほんとうだ」

つぶやきながら彼の唇が、しっとりとクリスティーナの唇を覆ってくる。

「ふ……ぅ」

聖堂で受けた初めての口づけの感触を思い出し、背中がぶるりと震える。

オズワルドは唇を擦り付けるように何度もなぞり、それから熱い舌で口唇を舐め回す。擽《くすぐ》ったいような痺れるような感覚に、身体の力がみるみる抜けていく。

「ん……ん、ふ……」

息を詰めて口づけを受けていたので、男がちゅっと音を立てて唇を離すと、はあっと深い吐息と共に口唇が開いた。そこを再び口づけされ、するりと舌が口腔に忍び込んでくる。

「や……あ、やぁ、んん……っ」

歯列から口蓋まで丹念になぞられ、甘い痺れに膝から崩れ折れそうになる。男の手が素早く細腰を抱え、しっかりと抱きとめた。

「可愛いクリスティーナ、舌を出して」

低くささやかれ、おずおずと舌を差し出すと、いきなりそれを強く吸い上げられた。

「っ……ぐ、ふぅ、んんぅ、んっ」

痛いほどきつく舌を吸われると、脳芯まで痺れてしまい思考が停止してしまう。

「んゃ……ぁ、ん、は……はぁ……ん」

全身が蕩《とろ》けて、抵抗する術も無くオズワルドのなすがままに口腔を貪られてしまう。溢れた唾液が唇の端から溢れても、呑み込む術もない。

自分でも気がつかないうちに、悩ましい鼻声が漏れてしまい、情熱的な口づけに酔いしれてしまう。

オズワルドは綺麗に結い上げたクリスティーナの銀髪に指を潜り込ませ、頭の角度を変えながら延々と深い口づけを繰り返した。

「ぁ……あぁ……」

永遠かと思われるほど長い口づけが終わった頃には、クリスティーナはぐったりとオズワルドの腕の中に身をもたせかけていた。耳孔の奥で、鼓動がうるさいくらいばくばくいっている。

「私は、君が欲しい――」

彼女の火照った頬や目尻に唇を押し付け、オズワルドが艶っぽい声でささやく。その声にすら、甘く痺れ頭に霞《かすみ》がかかってしまう。

「君は、どうだ？」

クリスティーナはわずかに頭を振る。思考が混乱し、自分がどうしたいのかわからない。オズワルドを拒みたいのか受け入れたいのか、それすらも判然としない――。

「わ、わからない……わ」

正直に答えると、オズワルドが不満そうに鼻を鳴らした。

「ふん――では、君の口から私が欲しいと、言わせるまでだ」

突如、胸を鷲掴《わしづか》みにされ、はっと目を見開いた。

「きゃ、なにを……」

「思ったよりずっと大きいね」

デコルテの深いドレス越しに、こんもりした乳肌が半分のぞいている。その乳房を男の大きな掌《てのひら》が、柔らかく揉《も》みしだいた。異性に、こんなに大胆に身体を触られたことのないクリスティーナは動揺し、逃れようと身を捩《よじ》る。

「あ、やめ……あっ、んんっ」

ふいに布地越しに乳首をくっと摘まれ、思わずはしたない声が漏れた。

「感じた？」

オズワルドがふふっと含み笑いする。

なんだか揶揄《からわ》れたようで、悔しくて唇を噛み締め、声を漏らすまいとした。だが、胸を押し包むようにやわやわと愛撫《あいぶ》され、男の長い指先が胸の先端を掠《かす》めるたびに、じくじくと不可思議なむず痒《がゆ》い疼《うず》きが下肢の恥ずかしい部分の奥に湧き上がってくる。その上、恥ずかしいことに乳首が硬く凝ってきて、布地を押し上げてつんと尖ってきてしまう。

「く……ふ、ぅ……」

全身を駆け巡る艶かしい気持ちに負けまいと、必死で堪えるが、声を噛《か》み殺《ころ》すほどに身体の内側に淫らな熱が溜《た》まっていく。

「そんなに意地を張らないで——好きに感じていいんだ。ここには私と君だけだ。泣こうと喚《わめ》こうと、存分にするがいい」

「きゃぁう、あっ」

オズワルドが耳朶《みみたぶ》に熱い息を吹きかけ、ふいに耳孔をねろりと舐《ねぶ》った。

刹那、強い快美な感覚が背中を走り抜け、淫らな声を上げてしまう。

「いい声だ。ぞくぞくするよ、クリスティーナ」

オズワルドが酩酊《めいてい》したような声を出す。そしてふいに彼女の身体を軽々と横抱きにし、ベッドに運んだ。

「あっ、オズワルド、待って……」

クリスティーナは狼狽した。ふわりと大きなベッドの真ん中に仰向《あおむ》けにされ、慌てて起き上がろうとした。

「ま、待って、あの……まだ、お風呂にも……私、汗をかいているし……」

「かまわない」

華奢《きやしや》な両肩を押され、再びベッドに沈み込んでしまう。そのままオズワルドは自分もベッドに上がり、両手をクリスティーナの顔の左右に突いて、のしかかるように見下ろした。

「このまま、ウェディングドレス姿の君を抱きたい――」

「あの、そんな……ド、ドレスが台無しに……」

オズワルドがふっと笑みを漏らす。

「かまうものか、二度と着ないドレスだ」

真上から端整な顔で見下ろされると、視線を反《そ》らすこともできず、脈動がどきどき高まる。

「教えてやろう――男が女をどう愛するかを、なにもかも」

「――」

緊張が頂点に達し、クリスティーナは心もとなげに息を凝らした。

男のしなやかな指が背中に回り、ドレスの釦《ぼたん》を器用に外していく。背中がはらりと割れ、ゆっくりと上衣を引き下ろされ、コルセットの紐《ひも》も解かれる。上半身とまろやかな乳房が解放される瞬間、あまりの恥ずかしさにクリスティーナはきゅっと目を瞑った。

「これは――」

オズワルドが息を呑む気配がした。

「まるで真珠みたいに白くてすべすべした肌だ――ああ真っ白な乳房に、赤い蕾《つぼみ》の乳首が、硬く尖ってきて――無垢なのに、とてもいやらしい」

「うぅ……お願い、そんなに見ないで……」

生まれて初めて異性に裸体をさらした羞恥で、クリスティーナは気が遠くなりそうだ。思わず両手で胸を覆い隠そうとすると、細い両手首を握られ、左右に大きく開かされてしまう。

「だめ、隠さないで。美しい君の身体を存分に見させてくれ」

目を閉じていても、男の視線がちくちく肌に突き刺さる。恥ずかしいのに、ますます乳首が凝ってひりつくようだ。体温が上がり、額にうっすら汗が浮く。

「綺麗だ――」

手首を掴んでいた両手が離れたが、もはや身体に力が入らず、抵抗できない。

オズワルドの温かい掌が乳房を掬《すく》うように持ち上げたかと思うと、彼の顔がその狭間《はざま》に埋められた。

「あっ」

男の硬くて高い鼻梁が乳房を撫《な》で回《まわ》し、さらさらした長い黒髪が肌に擽ったい。

「なんてすべすべして柔らかい――」

オズワルドは深いため息をつき、ふいにちゅっちゅっと音を立てて乳肌に吸い付いた。それから尖った赤い乳首を口に含んだ。

「は、あぁ、あ」

ぬるつく口腔に含まれ、熱い舌先が乳首を舐ると、そこから痺れるような疼きが下肢に走った。男は交互に乳首に吸い付いては、舌を閃《ひらめ》かす。

「や、舐《な》めたりしちゃ……あ、ぁ」

ねっとりと舐められるたび、身体がびくびくと波打つ。下肢の中心のあらぬ部分が、はっきりと疼くのを感じ、恥ずかしさと混乱と不可思議な気持ちよさに、頭が混乱する。

「やぁ、やめ……て、も、しないで、変な、感じなの……」

はしたない声を上げまいと唇を引き締める。すると、オズワルドが鋭敏になった乳首に歯を立てた。

「っ……ひ、あぅっ」

鋭い痛みを伴う疼きが下腹部の奥に走り、子宮の辺りがきゅっとせつなくひくついた。と、同時になにかが蕩《とろ》けて、太腿《ふともも》の狭間が潤んでくる気がした。

もじもじと腰を蠢《うごめ》かすと、濡《ぬ》れた感じがますます強くなる。彼女のその動きに気がついたオズワルドが、ドレスのスカートをゆっくりと捲《めく》り上げた。

「あっ、だめっ……」

絹のストッキングに包まれたすらりとした足が剥き出しになり、クリスティーナは思わず膝を硬く閉じ合わせた。乳首を弄《いじ》りながら、男の片手がゆるゆると脹《ふく》ら脛《はぎ》から太腿を撫で回してくる。そして、焦らすようにドロワーズを履いた股間の周囲を愛撫する。その愛撫がまた、隘《あい》路《ろ》の奥をじくじくと濡らしてしまう。

「も……恥ずかしい、の、恥ずかしいから……」

クリスティーナは耳朶まで真っ赤に染め、いやいやと首を振る。

「ふ――これから、もっと恥ずかしいことをするんだよ」

オズワルドが耳元で艶《つや》めいた声でささやく。その吐息まじりの深いバリトンの声を聞いただけで、背中がぞくぞく震えてしまう。

おもむろに男の手がドロワーズを引き下ろしてしまう。

「きゃあっ」

下腹部が剥《む》き出《だ》しになり、クリスティーナは羞恥に瞼《まぶた》の裏が真っ赤に染まった。

「やあ、だめ、見ないでっ」

「ああ――下の毛も銀色なんだね」

オズワルドが感に堪えたように言うのも恥ずかしく、両手で顔を覆ってしまう。

すると、おもむろに男の指が薄い和毛《にこげ》を弄った。

「あっ、だめ、そこっ……いやっ」

びくんと腰が浮いた。驚いて押しのけようとしたが、腕に力が入らない。

男の中指が秘裂をぬるりと上下に辿《たど》った。

「濡れている——口で言うほど嫌じゃないみたいだな」

「ぬ、濡れて？　なに？　あ、あぁ……っ」

長い指先がくちゅりと蜜口を掻《か》き回《まわ》した。刹那、じんと子宮の奥が甘く痺れる。

「もっと濡らしてあげる——少しでも楽になるから」

オズワルドが独り言のようにつぶやき、くちゅくちゅと粘つく音を立てて花唇を撫《な》で擦《さす》った。

「や、あ、ぁ、あ、あ……」

恥ずかしいことをされているのに、男の指の動きが心地好く感じてしまう。何だか身体がふわふわ浮くようで、押しのけようとしてた手が、男のシャツにぎゅっとしがみついてしまう。

ぬるぬると上下に動いていた指が、おもむろに和毛のすぐ下に潜んでいる小さな突起に触れた。とたんに、びりっと鋭い刺激が脳芯にまで走った。

「あきゃっ、あ、なにそこ？　あっ、あっ……っ」

何度もそこをくりくりと撫で回されると、今まで感じたことのない未知の愉悦が全身を駆け巡り、腰がびくびくと揺れた。

「ここが君の一番感じやすい、気持ち好くなる部分だよ。クリスティーナ、もっと触《さわ》ってあげる」

クリスティーナの耳朶に熱い息を吹きかけながら、オズワルドは秘玉の包皮をめくり、剥《む》き出しになった花芯を円を描くように撫で回す。

「や、は、だめ、だめだめ、そこ、そ、そんなにしちゃ……あ、ぁぁっ」

腰が蕩けそうに甘く痺れ、とろとろと粘つくものが隘路の奥から溢れてくるのがはっきりと自覚できた。

自分の身体にこんな器官があるなんて、初めて知った。恐ろしいほどの淫らな心地好さ。やめて欲しいようなもっとして欲しいような、混乱した思考が頭をぐるぐる巡る。そして、痺れるような快感は、耐えきれないほど膨れ上がってくる。粘つく水音がどんどん大きくなり、羞恥に頭が焼き切れそうだ。

「あ、だめ、オ、ズワルド、も、しないで、やあ、おかしく……私……っ」

男の息が乱れてくる。

「気持ちいいんだね、クリスティーナ。ああそんなせつない声を出して——たまらないよ。可愛い、可愛いよ——」

やめるどころか男の指の動きはますます加速し、クリスティーナは背中を仰《の》け反《ぞ》らして悲鳴のような嬌声《きょうせい》を上げた。触れられている箇所は灼《や》け付くようにひりひりし、隘路のもっと奥がなにかを求めてひくひく蠢いてしまう。

「やめてぇ、お願い、も、しないで、あ、だめ、だめ、だからぁっ」

たまらず小刻みに揺れる男の腕を取り押さえようとした。その瞬間、秘玉を撫で擦る中指はそのままに、長い薬指がぐぐっと濡れ襞の奥に突き入れられた。

「あぁっ、指、挿《い》れちゃ……だめぇっ」

ぶるりと全身が戦慄《わなな》く。ひくついていた隘路が、きゅうっと男の指を締めつけ、そこから深い愉悦が生まれた。

「クリスティーナ、一度、達《い》ってごらん、達くんだ」

オズワルドが熱っぽい声を出し、おもむろにクリスティーナの柔らかな耳朶を甘く噛《か》んだ。

そして、押し入れた指をぬるぬると抜き差しする。

「達く？　ひ、あ、なに？　だめ、あ、これ、なに？　あぁ、あっ、あ」

男の息に、声に、指に、歯に、どこもかしこも灼け付くように感じてしまう。

身体の奥底から、どろどろした熱い愉悦の波が怒濤《どとう》の勢《せ》いで迫り上《あが》ってきた。

「あ、しないで、も、しないで……あ、なにか、来る、あ、どうしよう……っ」

恐ろしいほどの快感に魂が抜け出そうだ。思わずクリスティーナは、オズワルドの肩に縋《すが》り付《つ》いた。男の指の動きがいっそう早さを増す。ぐちゅぐちゅと淫猥《いんわい》な音が大きくなる。

「ひ、は、あ、あ、あぁ、あ、あぁっ」

なにかの限界にきた。

息が詰まり、全身がぴーんと硬直する。きゅーっと膣壁《ちつへき》が締まり、男の指を強く締めつけ、そのまま腰がびくんびくんと大きく跳ねた。

「あ……っ……あ、あ……っ」

一瞬、目の前が真っ白になる。直後、全身ががっくりと弛緩《しかん》し、クリスティーナはベッドに沈み込んだ。

「はぁ……は、はぁ……ぁ……」

止まっていた息が大きく吐き出され、胸が大きく上下してせわしない呼吸が戻る。

乱れてしまったことが今さらながらに気恥ずかしく、目をぎゅっと瞑り息を整えた。

「初めて、達した感じは、どう?」

オズワルドが、汗ばんだ額にそっと口づけしてくる。彼の指がぬるりと抜け出ていくと、その喪失感に再びきゅんと甘く感じて、頬《ほお》が赤らんでしまう。

「……ん、恥ずかしい……あんな声……私じゃ、ないみたい……」

「恥ずかしがることはない。君が気持ちよくなってくれて、嬉しいよ」

その愛《いと》おしむような口調に、クリスティーナははっと目を開いた。

目の前に男の端整な顔をある。オズワルドは何かに耐えるような、せつない表情でこちらを見つめている。胸がきゅんと疼いて、気持ちが熱くなる。彼のことが大嫌いなはずなのに、心臓がときめいて、受け入れてもいいような優しい気持ちになってしまう。

「今度は、一緒に気持ちよくなろう」

オズワルドが半身を起こし、キュロットの前立てを緩めた。

「私に、触れてみて」

彼の手がクリスティーナの手を取って、自分の股間に誘った。

「あっ……」

なにか太くて硬くて熱いものに手が触れ、びくんと身を竦めて手を引こうとすると、重ねた男の手がそれを押しとどめる。

「逃げないで——そのままそっと握ってみて」

「う……」

言われるままそっと脈打つ屹立《きつりつ》を握ってみる。クリスティーナの小さな手には余るほど太い。こんな禍々《まがまが》しいものが、白皙《はくせき》の美男子であるオズワルドの欲望であるとは、にわかには信じがたい。

「ん——いいね、ゆっくり手を滑らせてごらん」

重ねた男の手が、クリスティーナの手を前後に揺さぶる。その動きのままに、自分も掌を滑らせると、どくんと肉幹がひとまわり膨れた。括《くび》れのある先端から、なにかぬるぬるした雫《しずく》が溢れ、掌を淫らに濡らす。

「っ……」

あまり卑猥《ひわい》な光景に息を呑んだ。

オズワルドが心地好さそうに目を眇める。

「そう、いいよ――クリスティーナ――もう、君を奪ってもいいかな？」

彼の声が掠れた。

ばくばくと心臓が跳ね上がった。

（これから――オズワルドと結ばれるんだ）

緊張と恐怖と、しかしそれを上回る興奮が身を包む。恐ろしさより興奮して期待が勝るのは、オズワルドが先に指戯《しぎ》で自分を昂《たかぶ》らせてくれたせいかもしれない。

こくんとうなずくと、オズワルドが手を外させ、ゆっくりと覆《おお》い被《かぶ》さってくる。

身体が本能的に竦《すく》んだ。と同時に、共にまだ濡れ果てている隘路が淫猥な期待にひくりと反応した。

（こ、これは王妃としての義務……義務なの）

頭の中で自分に懸命に言い聞かす。

オズワルドが蜜口に指を添え、ゆっくりほころびを開く。そしてその中心に、膨れた男の欲望の先端が押し当たった。熱い感触に肌がぞくぞくざわめく。

「挿れるよ、クリスティーナ。力を抜いて――」

　ぐぐっと肉茎が押し入ってきた。

「んぅ、あ、あ、あ……」

　熱く滾《たぎ》る屹立が、震える粘膜を押し開くようにしてじりじりと進んでくる。内側から押し開かれる強烈な圧迫感に、引き裂かれるような痛みが湧き上がる。

「あ、痛……っ、あ、ひ……」

　クリスティーナは仰け反って悲鳴を上げた。灼け付くような苦痛に、目を見開いて息を詰めた。

　いったん動きを止めたオズワルドが、気遣わしげな表情で覗き込んでくる。

「苦しいか？」

　クリスティーナは涙をいっぱいたたえた瞳で、健気《けなげ》に彼を見返す。

　妻としての務めだと思っていたが、彼のまっすぐな眼差しを見ると、胸の奥がさらに熱く疼いた。いつも意地悪で尊大なオズワルドだが、彼なりにクリスティーナの初めてを大事にしてくれることが、身体を通して伝わってくるような気がする。

「だ、だいじょうぶ……オズワルド、続けて……」

　彼の首に両手を絡ませて、ぐっと引きつけた。

「いい子だ――もっと息を吐いて、狭くて――とても進めない」

男の熱い唇が、あやすように頬や目尻に口づけを降らせてくる。

「は、はぁ、は……」

言われたままに深呼吸を繰り返すと、ふいに灼熱《しゃくねつ》の肉棒がずずっと最奥まで入り込んだ。

「あっ、あ、あ」

深々と剛直で貫かれ、クリスティーナは目を見開く。息をするたびに、柔襞に目一杯収まっている怒張の卑猥な造形が生々しく感じられ、身動きできない。

「ああ——全部挿入《はい》ったよ——クリスティーナ、今、私たちはひとつに結ばれたんだ」

彼女の感触を味わうように、オズワルドはしばらくじっとしていた。それからおもむろに腰を引いた。広げられた膣襞が引《ひ》き摺《ず》り出《だ》される不可思議な感覚に、仰け反って喘《あえ》いだ。亀頭の括《くび》れまで引き抜いた男根を、今度は勢いよくずんと突き上げられる。

「ひ、あ、ぁ、あぅっ」

脳芯まで貫かれたような気がして、悲鳴を上げる。

「ああこれが夢にまで見た君の中か——熱くてぬるぬるしてて……」

オズワルドは息を乱し、ぐいぐいと力強い抽送を始める。

「あ、あ、や、だめ、抜いて、あぁ、壊れて……っ」

がくがくと揺さぶられ、あまりの苦しさに声を上げる。するとその唇を乱暴に塞がれた。

「ふ、ぐ、あぁ、ん、んぅ……ん」

男の唾液を嚥下《えんげ》させられ、痛いほどに舌を吸われると、下肢の疼痛《とうつう》が艶《なま》めかしい甘い熱に変わっていく。

「もう止められない――クリスティーナ、君のすべてを奪う」

熱い口づけの合間に低い声でそう繰り返し、男は激烈に腰を揺らしていく。ぬちゅぬちゅと粘膜の擦れる淫らな音とともに、熱い楔《くさび》が濡れ襞を擦り立てていく。

「あ、ぁ、や、あぁ、あぁぁ……」

繰り返し穿《うが》たれているうちに、擦れた膣襞が熱く燃え上がり、じんわり蕩けてくる。苦痛とともに、不可思議な快感が生まれ、やがてそちらのほうが隘路《あいろ》の中で肥大してくる。

「は、ぁ、あ、あぁん、あん」

突き上げられるたびに、恥ずかしい鼻声が漏れてしまい、クリスティーナはオズワルドの背中に縋り付いた。そうしないと、膨れ上がる喜悦で意識が飛んでしまいそうだった。

彼女がうすらぼんやりと描いていた男女の営みは、こんな激しく熱く情熱的な交わりではなかった。

「可愛い声が出てきた――よくなってきたか？」

オズワルドが息を弾《はず》ませ、上体を少し起こした。烏《からす》の濡《ぬ》れ羽《ば》色《いろ》の髪が乱れ、汗ばんだ彼の肌にまとわりついている様が、あまりに色っぽく猥《みだ》りがましく、身体中がぞくぞく震えてくる。

「んぁ、わ、わからない……そ、んな、こと……」

頬を染めてつぶやくと、シーツに両手をついて腕立ての姿勢になったオズワルドが、さらに抽送を激しくした。

「だが、君の中は私に吸い付くようで、離さないぞ」

「ひ、くぅ、やあ、そんなに、う、動かしちゃ……あぁ、やぁっ」

がくがくと揺さぶられ、否定の言葉とは裏腹に熱をはらんだ淫襞が、もっと欲しいとばかりに男の肉胴を締めつけてしまう。

もはや苦痛は過ぎ去り、嵐のような行為の生み出す快感に翻弄されていく。

「可愛い――私に乱される君が、こんなにも可愛いなんて……」

彼女の喘ぐ様を見下ろす形で腰を繰り出すオズワルドは、愉悦に陶酔した表情でつぶやく。

「はぁ、あ、奥、そこ、あ、だめ、そんなにしたら……私、私……」

「ここか？　ここがいいか？」

嵩高《かさだか》な亀頭の先端が、臍《へそ》の真下辺りの膣壁をぐりぐり抉《えぐ》ると、目の前が喜悦の光で真っ白になった。

「やぁ、だめ、しないで、も、あ、だめ、だめっ……」

涙目になって喘ぎ、汗で濡れた男のシャツ越しに、縋《すが》った両手の爪がきつく食い込む。

オズワルドの白皙の額からぽたぽたと大粒の汗が滴り落ち、男の揺さぶりに合わせて上下に波打つクリスティーナのまろやかな乳房を濡らしていく。

「そんなに淫らな表情で、そんなに柔らかな胸を見せつけて、愛らしい乳首が赤く尖って――男を惑わす肌だ」

オズワルドは、互いの汗でぬるぬるするたわわな乳房のあわいに顔を沈め、硬く勃ち上がった乳首に歯を立てた。

「きゃ、あ、やぁ、噛まないで……っ」

じんと痺れる疼きに、隘路の奥がきゅうっと収斂《しゅうれん》する。痛みにすら感じてしまい、艶めかしい嬌声が止まらない。

「ますます締めつけて――こんなによいとは……」

乳首を舐め回し、艶やかな乳肌に吸い付きながら、オズワルドは歓喜に低く呻《うめ》く。

オズワルドが感じている。自分の中で心地好くなっている。

そう思うと、クリスティーナの全身にとめどない喜悦が溢れてくる。

「は、はぁ、あ、私も……あ、オズワルド……私……」

男が子宮口まで抉ってくるたび、愉悦の白い火花が脳裏で弾け、もはやなにも考えられない。

「や……もう、おかしく……怖い、あぁ、お願い……っ」

自分でなにを口走っているかもわからず、ただ襲ってくる快感に身を委ね、酔いしれた。

二人の乱れた息づかい、粘膜の打ち当たる淫猥な音、愛液の弾ける粘つく響き――そうしたものが渾然一体《こんぜんいったい》となって、灯《あか》りを落とした寝室の天井に吸い込まれていく。

ふいにオズワルドがクリスティーナの細腰を抱きかかえ、がつがつと高速で腰を打当ててきた。

「あ、きゃ、あ、も、や、ああ、だめ、ああ、そんなのに……っ」

あまりの衝撃に気が遠くなる。

「クリスティーナ——出すぞ——君の中へ——受け入れて」

男が途切れ途切れに唸《うな》り、びくびくと小刻みに腰を震わせた。

「……く、は、は、あ、あぁぁっ」

収斂した肉襞の狭間で、男の欲望がどくんと弾けた。

「……あ……っ」

なにか熱い奔流が、隘路の奥底に注ぎ込まれる。続けてびくんびくんと、オズワルドが腰を大きく打ち付ける。

「っ——」

男の動きが一瞬止まり、同時にクリスティーナの身体もぴーんと硬直した。

「はあっ、は、はぁっ……」

引《ひ》き攣《つ》った身体がふいに弛緩し、クリスティーナはぐったりとシーツの海に沈み込む。それを追うように、男の引き締まった身体がゆっくり倒れ込んできた。

「ふ、はぁ、は……っ、はぁ」

乱れたクリスティーナの髪に顔を埋め、オズワルドが息を喘がせた。

「――素晴らしかったよ、クリスティーナ」

わずかに顔を起こした彼が、うっとりした眼差しで見つめてくる。彼女も同じように見つめ返しながら、ひどく満ち足りた想《おも》いに浸っていた。

まだ身体の中に彼がいて、ぴったり身体を密着させて快感の余韻に漂う幸せを、生まれて初めて知った。

「オズワルド……」

思わず手を伸ばして、彼の額にへばりついてる後れ毛を撫《な》で付《つ》けてやる。すると彼が我に返ったように、ふふっと笑う。

「ふ――どう？　王妃の義務とやらも、そうそう悪いものではないだろう？　義務というより、習慣にしたいだろう？」

クリスティーナはかっと頬を火照らせた。素早く手を引き、ぷいと顎を反らす。

「もう、あなたってはしたない――知らないわ」

長い睫毛《まつげ》を伏せて恥じらう彼女の様子を、オズワルドがひどく愉《たの》しげに眺めている。

「すぐに、君から私を欲しいとねだるようにさせるさ」

クリスティーナはますます顔を赤らめた。こんな獣じみた行為を、自らしてほしいなどと、口が裂けたって言えるようになるわけがないと思った。

「そ、そんなことには、ならないから」

「どうかな？　もう一回試してみる？」

男がふいに腰を揺さぶった。

「あ……ん」

まだ火照っている媚肉を擦られ、思わず悩ましい声を上げてしまう。

気がつくと、今しがたまで萎《しぼ》んでいた男の欲望が、再びをむくりと隆起しているのに気がついた。

男女の交わりに無知なクリスティーナは、こういう行為が間断《かんだん》なくできるとは思ってもみなかった。

「ちょ……まだ、終わっていないの？」

焦って身を引こうとしたクリスティーナの腰を抱え込み、オズワルドはにこりとする。

「君となら、何度でもできそうだ」

胸元に顔を埋めてきた男の頭を押しのけようとすると、ひりつく乳首を咥《くわ》え込まれ、びくりと肩口が震えてしまう。

「あっ、も、そんな……壊れちゃう……ひどくしないで……」

「愛《め》でてやっているのに、なんという言い草だ」

「だ、だって……あ、あぁっ」

ぐいっと腕を掴まれ、繋《つな》がったまま抱き起こされた。

「きゃぁうっ」

向かい合って、あぐらをかいた男を跨《また》ぐような姿勢にされた。

真上から自分の体重がかかり、子宮口を突き破りそうな勢いで、硬度を取り戻した亀頭の先端が潜り込んでくる。

「あぁぁ、あ、あっ」

オズワルドが腰を揺さぶると、奥深くまで打ち当たる先端に、新たな喜悦が脳芯まで蕩かす。

「いやぁん、あ、あん、んんぅ……」

もう許してほしいと思うのに、突《つ》つき上げられると、はしたない甘い声が漏れてしまう。

「そら、いい声で鳴く。君だってまんざらでもないのだろう?」

からかうように言われ、恥ずかしいやら悔しいやらで耳朶まで真っ赤に染まってしまう。

「い、意地悪……ほんとうに、あなたっていけ好かない……」

「その意地悪が、すぐに大好きになるさ」

ぐりぐりと疼く柔襞を捏《こ》ねくり回《まわ》され、再び熱い快感が襲ってくる。

「……ふぁ、あ、も、ひど、い……あぁん」

どうやらまだ解放してもらえそうにない。

クリスティーナはもはや男のなすがままに、揺さぶられるしかなかった。

　こうして二人だけの初夜は、熱く淫らに更けていった——。

　夜明けまで身体を繋ぎ、オズワルドの熱い精を何度も注ぎ込まれ、いつしかクリスティーナは疲労困憊《ひろうこんぱい》して、泥のように眠りに落ちていた。

「……ん……」

　ふうっと意識が戻った。

　全裸でベッドに横たわっている。

　ベッドの天蓋紗幕を深く降ろした隙間から、朝日が一条差し込んで、もう日が高いことを告げている。

（そうだ、私……）

　最初はウェディングドレスのまま、その後互いに服を脱ぎ、何度も身体を重ねた。

　初めての営みの激しさに、身体の節々がきしんでいる。寝返りを打とうとして、自分が誰かの逞《たくま》しい腕に頭を持たせかけて眠っていたのに気がついた。すぐ側に全裸のオズワルドが眠っていた。

「オズ……」

　声をかけようとして、声を呑んだ。

　艶《つや》やかな黒髪をシーツの上に波打たせ、長い睫毛を伏せてこんこんと眠っている彼の姿は、全能神が愛でたという伝説の青年神のようだ。

細身だが筋肉質で均整の取れた肢体がしどけなく横たわってるのは、怖いくらいに絵になってる。

(起きていると意地が悪いけど、こうして眠っているとほんとうに綺麗だわ——朝、目が覚めて、横にこんなに美麗な青年が寝ているなんて、夢みたい……)

思わずうっとり彼の顔を眺め、そっと指先で男の頬に触れてみる。滑らかな肌の感触に心臓の鼓動が速まった。

と、突然、オズワルドがぱっちりと目を開いた。その視線があまりにくっきりしているので、今目覚めたようにはみえない。

「おはよう」

声も張りがある。

「お、おはよう、ございます」

慌てて目線を外して小声で答えると、彼が腕枕のまま頭を抱き寄せてくる。クリスティーナの寝乱れた銀色の髪の毛に顔を埋め、オズワルドがふふっと笑った。

「私の寝顔に見惚《みと》れていたな」

クリスティーナはかっと頭に血が昇る。キッと顔を上げ、間近の男の顔を睨《にら》んだ。

「あ、あなた、目を覚ましていたのね」

オズワルドがしれっと答える。

「普段は日の出と共に起きて、朝の政務を行うからね。ただし、今日から一週間はハニームーンで公務は休みだから、ゆっくり君の無防備な寝顔を見ていたんだ。君が目を覚ましたので、寝たふりして様子を窺っていたんだ」

「人が悪い……もう、ほんとうに」

うっかり彼の寝顔に見惚れていたのがバレていたと思うと、口惜しくてならない。腰に手を回してくるオズワルドの胸を押しのけ、つんと横を向いた。

「馴《な》れ馴《な》れしくしないで、嫌いっ」

「昨夜たっぷり、私の腕の中で気持ちよくなっていたくせに、馴れ馴れしいもなにもないだろう——そもそも、もう私たちは夫婦なのだから」

オズワルドは平然とクリスティーナの耳朶に口づけしてくる。熱い舌先が耳裏を舐めると、ぶるっと甘い悪寒が走りる。

「やぁ、やめて……」

背後から抱きすくめられ、柔らかな乳房を掬うように揉みしだかれる。一晩中、舐めたり擦られたりした乳首はひりひり敏感になっていて、すぐに凝ってきた。

「そら、もう乳首が勃《た》ってきて——すっかり男の味を覚えたか？」

「そ、そんなことあるわけないで……っ、あ、あぁん」

尖ってきた乳首を摘まみ上げられ、指の間でこりこり擦られると、下腹部にじんと淫らな疼きが湧き上がる。

「いい声だ——たまらないな。朝目覚めたら、女神みたいに美しい君が、色っぽく寝乱れているのだもの」

手の動きを止めずに、オズワルドがため息をつく。

(え？　それって、さっきまで私がオズワルドの寝顔を見ながら思っていたことと、一緒……)

クリスティーナは思わず肩越しに顔を振り向け、彼の眼差しを捕らえる。彼の本心を探りたかった。

「ん？　君もその気になってきたか？」

オズワルドが喜ばしげに顔を寄せ、唇を奪おうとする。

「ぁ、違う……の、ちょっと……あ、そんなとこ、触らないで……っ」

彼の片手が下腹部を撫《な》で回し、太腿の狭間を弄ってきたのだ。

「濡れている」

くちゅっと秘裂を暴かれ、恥ずかしさに全身が桃色に染まる。

「そ、それは、昨夜の名残で……あ、だめ、だめって……」

指が蜜口を掻き回してくる。

「いや、この濡れ方は違うようだ」

「いやらしいこと、言わないで、離して……離してよ」

顔を背けて身を捩ると、まろやかな尻が期せずして男の股間をくねくねと擦り、尻肉にあたる熱く硬い男の欲望を察知し、ぎくりとする。

「あ……」

「そう急《せ》かさなくても、私の方はもう充分用意ができているぞ」

「ち、違うのよ……だって、もう朝よ。こ、こういう行為は、夜するものでしょう？」

鼓動が高まるのを必死に隠そうと、身を揺らして男の腕からのがれようともがいた。

「ふん、初心《うぶ》な君に教えて上げるが、男は朝が一番昂るものなのだ」

オズワルドは腕に力を込め、ぴったりと素肌を密着させ、屹立した男根をクリスティーナ双臀の割れ目にぬるぬると擦り付けてくる。

「やぁ、獣だわ、あなたって、やめ、あ、だめ……」

長い指が媚肉に押し込まれ、まだ昨夜の名残の熱を孕《はら》む淫襞を擦り立てると、甘い疼きに淫らな欲望が迫り上る。

「は、だめ……やだ、あ、ん、んんぅ」

「いいね――誇り高い君が、私の腕の中で糖蜜菓子のように蕩けていく様が、ぞくぞくするほどそそる」

艶めいた声で美貌の青年にそんな風にささやかれたら、氷の女王でも心を溶かしてしまうだろう。

(ずるぃ……オズワルドは自分の魅力をわかっていて、私を籠絡《ろうらく》してしまう……悔しいのに……なんで、こんなに胸がときめくの?)

頭が快感と困惑でぼうっとしてくる。

背後からほころんだ淫唇を割って、太い剛直が侵入してくる。

「ふ、うぅん、あ、ぁ、ああ……ん」

深い愉悦が身体の軸に沿って駆け抜け、もはやクリスティーナには抵抗する気力は失われていた。

「クリスティーナ――」

ぐっと腰が押し付けられ、オズワルドの肉棒が膣腔を深く抉《えぐ》った。

「あぁっ、だめ、そんなに深く……あ、は、はぁ、ぁ……」

彼の逞しい腕に絡み取られ、クリスティーナは甘く啜《すす》り泣《な》くだけだった。

第二章　ハネムーンは甘くほろ苦く

新婚の国王夫妻は、国民へのお披露目《ひろめ》も兼ね、アルランド国を縦断しイムル国へ入り、迂回《うかい》してまたアルランドに戻るという旅程で、ハニームーンに入った。

結婚したクリスティーナはアルランド国に住まい、イムル国は統合される形でオズワルドの支配下に入ることとなる。

ゆくゆくは新たな国名を付け、二つの国は新国として生まれ変わるはずだ。

若い国王夫妻は、どの地方でも熱烈な歓迎を受けた。

突然の先国王の事故死、政情不安、北からのガザム帝国の脅威——両国に垂れ込めていた暗雲を吹き払うような、若く美しい国王夫妻の結婚を、国民は心から祝福した。

無蓋の馬車から沿道に居並ぶ民たちに手を振りながら、クリスティーナはしみじみと国民への情愛を感じた。

（たとえ、気持ちの合わない夫だとしても、民たちを幸せにするためなら、私はこの結婚を喜

んで受け入れるべきなのね）

胸に新たな決意と勇気が湧く気がした。

隣で、感極まって涙ぐんでいるクリスティーナに、オズワルドが気遣わしげにささやいてきた。

「だいじょうぶか？　気分が悪いのか？」

「ううん――私ね、こんなに民に愛されて、ほんとうに嬉しいの。みんな、幸せになりたいのね。これからぜったい、新しい国をよくしていくわ。私、やっと王妃としての自覚ができたみたいよ」

オズワルドが感に堪えないという面持ちで、じっとこちらを見る。その目が優しく眇められる。

「君って――やはりすばらしいな――」

それから彼ははっと気がついたように瞬《まばた》きし、少し尊大に続けた。

「ひとを幸せにするなら、まず当人がそうならねばな。まあ心配しなくても、私が君を幸せにしてやるから」

クリスティーナはその言葉に、目眩《めまい》がするほど胸が熱くなった。だが心と裏腹に、唇は照れ隠しのように小賢《こざか》しい言葉を吐いてしまう。

「なあに、その上から目線。幸せって、無理矢理《むりやり》あたえられるものじゃあないでしょう」

オズワルドもむっとして言い返す。

「上からって——私はこの国の王なのだから、当然ではないか」

「王妃は同等だわ」

「それは君が私ほどの才覚の持ち主になってから、言ってくれ」

「ほんとうに自信家だこと」

憮然《ぶぜん》として言い争っていると、お仕着せを着た前の席の老御者が、思わずくすりと笑いを漏らした。二人ははっと口をつぐんだ。

「これは失礼いたしました——お二人があまりにお仲がよろしいので、ほんとうに微笑ましくて——」

御者の言葉に、二人は同時に赤面した。

「ば、かな——仲などよくはない、こんな小生意気な王妃に」

「そ、そうです——こんな自信過剰な王なんて」

「はいはい——ごちそうさまでございます。お二人とも、もうすぐ今夜の宿泊先に到着いたしますからね」

古参の御者に軽くいなされ、二人はさらに顔を赤らめた。

その日は、アルランドとイムル国の国境沿いにある小さな古城で過ごすことになっていた。

高台に建っているその古城は、煉瓦《れんが》積みの素朴な建築物だが柔らかな曲線のフォルムが心を和ませる。城の門前に馬車が止まると、クリスティーナはあっと声を上げた。

「このお城……」

「そう、君の父上と私の父が、談合の際に頻繁に使った城だ。皇女だった君も何度か訪れただろう?」

「ええ、思い出したわ……」

クリスティーナは遠い目になる。

あの頃は、父王が健在で、よもやこんなにも早く自分が王妃の座に就《つ》くなどとは思いもしなかった。哀愁で胸がいっぱいになる。

「懐かしいね」

オズワルドもしみじみした声を出す。

こくんとうなずいてから、クリスティーナはふいに過去のことを次々と思い出した。

「そう——あなた、このお城の庭で、私の靴を隠したんだわ」

つんした声を出す彼女に、オズワルドが眉をしかめた。

「つまらぬことを思い出すな」

「それだけじゃないわ。髪の毛に食べかけのアーモンド菓子をくっつけられて、私、大事な髪の毛を少し切るはめになったのよ。ひどいわ」

オズワルドがますます眉を寄せる。

「どうせ髪の毛なんて、いくらでも伸びてくるだろう」

「そういう無神経な物言い！ 髪は女の命よ」

「君は、余るほど豊かな髪の毛をしているじゃあないか」

「多い少ないの問題ではなくて、デリカシーのことを言っているのだわ」

「小賢しい君に、デリカシーなどと言って欲しくない」

二人は上気した顔で睨《にら》み合《あ》った。

「ええ――おほん、お取り込み中誠に失礼ですが、国王陛下王妃殿下。この城を取り仕切っております、執事長のノートンでございます」

遠慮がちに、側から小柄な初老の執事が声をかけきた。

二人は思わず口をつぐむ。

城の使用人たちがずらりと並んで、出迎えていた。彼らは今にも噴き出しそうな顔でうつむいている。

なにがおかしいのだろうと、クリスティーナは苛立《いらだ》って首を背けた。

「うん、よろしく世話になるぞ」

オズワルドが、威厳のある声を出す。今しがたまで少年のようにむきになってクリスティーナと言い争いをしていたことを、微塵《みじん》にも感じさせない切り替えの早さに、彼女は内心舌を巻いた。

ノートンに案内され、二人は城内を見て周り、最後に城の最上階の特別貴賓室に入った。

すでに夕刻になっており、クリスティーナは少し疲れを覚え、シュミーズ風の絹の部屋着に着替え、晩餐《ばんさん》の時間まで長椅子で休んでいることにした。

するとバルコニーの方から、オズワルドが性急な声で呼ぶ。

「クリスティーナ、クリスティーナ、こちらへおいで」

「はい」

何ごとかと、慌ててバルコニーへ出る。

ゆったりしたチェニックに着替えたオズワルドが、バルコニーにもたれたままこちらを振り返る。

「見てごらん」

バルコニーからは、国境の山々が一面見渡せた。ふもとの村の白壁の家々、並んでいる粉引きの風車も赤く染まり、遥《はる》かな山並みに今まさに太陽がゆっくり沈んでいくところだった。ゆらゆらとオレンジ色にけむる大きな夕陽。広大な空に浮かぶ雲も朱色で、絶景だった。

そして、その華麗な夕陽を背景に振り向いて微笑《ほほえ》んでいるオズワルドは、息を呑むほどに美しい。

きらきらと光る夕陽に照り映え、艶やかな黒髪がオレンジ色に染まり、そのすらりとした長身は、神の造られた最高の芸術品のような姿だ。

「なんて――綺麗なの……」

クリスティーナは深いため息をついて、オズワルドに見惚れた。

「そうだろう？　ここから見る夕陽は、世界で一番美しいんだ」

オズワルドはまさか自分が誉《ほ》められているとは気がつかないようで、誇らしげにクリスティーナを手招きする。彼女は誘われるまま、バルコニーの手すりに身をもたせかけた。

確かにこんなに雄大で美麗な夕景は、見たことがない。

「この世の天国みたいだわ……」

「いつかぜったい、この景色を君に見せてやりたかった。あの頃は、イムル王は身辺警護のために、寝るときには君と別屋敷に泊まっていたからね」

側に並んだオズワルドが、独り言のようにつぶやく。

クリスティーナは、ちらりと彼の横顔に視線を送る。美しい横顔が、ひどく満足げだ。頬が赤いのは、夕陽を受けているせいなのだろうか。

（あの頃から――？　もしかしたら、私をお嫁さんにしてやるっていう言葉は、本気だったの？）

彼のほんとうの気持ちを知りたいという思いが、自然と胸に溢《あふ》れてくる。

「ね――オズワルド、私ね……」

ふいに一歩下がった彼が、まじまじとこちらを見て、もう一歩下がった。

「クリスティーナ――両手を広げてごらん」

「?……」

訳が分からないまま、言われた通りに両手を左右に広げてみた。

「――」

オズワルドの視線が食い入るようで、少し怖い。

「な、なんなの?」

「素晴らしい――夕陽に白いドレスが透けて、君の身体のシルエットがくっきり露《あら》わになって
――」

「やだ……」

寛《くつろ》ぎたくて素肌に部屋着だけを羽織っていたので、照り返す夕陽に自分の身体のラインが透けているのだ。晩餐の前に風呂を使うつもりでいたので、下穿きも着けていない。

「ちょっと――もういいでしょう?」

恥ずかしくて慌てて両手を降ろそうとすると、すっと一歩前に出たオズワルドが、おもむろに両手で服地の上から身体の括れに沿って撫《な》で下《お》ろし、また撫で上げたきた。

「あ」

絹の滑らかさも手伝い、心地《ここち》好《よ》い掌《てのひら》の感触に背中に甘い痺《しび》れが走る。息が詰まり、足が動かない。すると、オズワルドは今度は部屋着の裾をそっと捲《めく》り上げ、素肌を撫で上げてくる。

「は、や……」

ぞわっと全身が粟立《あわだ》つ。

「なんてすべすべした白い肌だろう。絹よりももっと滑らかで――」

「オ、オズワルド、もう、それ以上……」

部屋着の裾を腰の上まで捲《めく》り上《あ》げられ、下腹部が剥き出しになってしまい、恥ずかしくてたまらない。だがオズワルドの手は、そのまま両乳房を撫で回してくる。

「ぁ、あ……」

緊張のせいか、ちくんと乳首が凝ってしまう。そこを彼の繊細な指が、くりくりと弄ってくると、下腹部の奥が妖しくざわめく。

「いつもより興奮している?」

乳首を摘みながら、オズワルドが熱のこもった声で密《ひそ》やかにささやいてくる。

「ち、がうわ……恥ずかしくて……」

耳孔の奥で、血流がうるさいほどどきどきいうのが聞こえる。

ふいにオズワルドの片手が、下腹部を弄った。

「あ、きゃ……っ」

「もう濡れている」

蜜口をくちゅりと掻き回され、クリスティーナは両手を降ろして彼の手を下腹部から外そうとした。

「悪ふざけは、もうやめて……晩餐の時間が……」

「そんなもの、後でいい――今は君が食べたいな」

オズワルドのバリトンの声が、甘く蕩かすように耳に響く。彼はクリスティーナの困惑などおかまいなく、部屋着の合わせ目を止めているリボンを、次々解《ほど》いてしまう。

「やぁ……」

絹の部屋着がするりと足元に落ち、一糸まとわぬ姿になってしまった。

オズワルドが深いため息を漏らす。

「ああ――君の肌、夕陽が透き通るみたいだ。淫らに赤く染まって――」

彼はゆっくりクリスティーナの足元に跪《ひざまず》いた。なにをするのかと彼女が戸惑っていると、長い指がおもむろに秘裂を割り開いた。

「きゃ、やめて……っ」

媚肉を割り開かれたとたん、そこにたまっていた淫らな蜜がとろりと太腿《ふともも》を伝うのがわかり、羞恥に全身の血が煮え立つ。

「ほら、もうこんなに濡れていた。いやらしく赤く濡《ぬ》れた花びらが、私を誘っている。とても甘い匂いがぷんぷんする」

オズワルドが嬉《うれ》しげに笑い、おもむろに股間に顔を寄せてくる。男の熱い息が和毛《にこげ》をそよがせてくると、クリスティーナは彼がなにをしようとしているかやっと気がついた。

「や、やめて、なにを……あ、やぁっ」

ぬるりと熱い舌先が叢《くさむら》に押し入り、花弁に触れてきた。

「なにを……？　やめて、汚いわ……っ」

太腿を閉じ合わせて身を引こうとすると、オズワルドの両手がぐっと尻肉を掴んで引き寄せた。そして柔らかな唇を上下に動かし、溢れる愛蜜を音を立てて啜《すす》り上《あ》げたのだ。

「なにも汚くはない、君の身体はどこもかしこも美しい――美味だ、とても」

そうつぶやくや否や、オズワルドはちゅっちゅっと震える媚肉に口づけを繰り返し、さらに花唇の中へ舌先を押し込んだ。

「う、あぁ、あ、や、あぁっ」

刹那、下肢が蕩《とろ》けるかと思うほど淫猥に甘く感じてしまう。そして、こんなふしだら行為に快感を覚えてしまった自分が、恥ずかしくてならない。

「だめ、あぁ、だめ……ぁあ、んぅ」

オズワルドが尖《とが》らせた舌先で秘裂を割り探り、くちゅくちゅと中を掻き回す。そしてさらに淫襞の奥を弄ってくる。

「……う、あぁ、だめ、なのに……ぁ、はあ……」

迫り上る喜悦に足が震え、バルコニーの手すりに背中をもたせかけて息を弾ませる。

屋外でこんなはしたない行為を仕掛けるなんて、やはりオズワルドは意地悪だ、と思う。

(悔しいのに……身体が蕩けてしまう……嫌なはずなのに、どうして……?)

快感に痺《しび》れた頭では、もはや考えがまとまらなかった。

そして、彼の熱い舌先が和毛のすぐ下に潜んでいた秘玉を弾いたとたん、脳芯までびりびり痺れる恐ろしいまでの快感が走った。

「ひ、うあぁ、あぁぁぁっっ」

オズワルドは容赦なく、鋭敏な器官を抉じるように舌で舐り回してくる。

「そこ、やめてぇ、ああ、だめ、痺れて……あぁ、んんぁぁあっ」

クリスティーナは屋外であるということも忘れ、鋭い嬌声《きょうせい》を上げ続けた。開ききった淫唇から、トロトロと大量の愛液が溢《あふ》れ出《だ》し、オズワルドは舌先で花芯を突つきながら、じゅるっと卑猥な音を上げてそれを啜《すす》る。

「やぁ、だめ、も、しないで、あぁ、やだ、やぁ……っ」

未知の喜悦に身体中の血が沸き立ち、感じ過ぎて目尻に随喜の涙が溜《た》まる。

「可愛《かわい》いクリスティーナ——すごく感じているね——いいね、君を丸裸にしたい」

オズワルドがくぐもった声で言う。

「や、裸って……これ以上、私は……あ、んぅ、んんんっ」

再び媚肉をしゃぶられ、口答えする気力もない。あまりにも鋭い快感の連続に、息が止まり

そうだ。ほんとうにおかしくなってしまう。

「も、許して……お願い、変になって……あ、だめに……あぁ、あ」

両手で男の頭を押しのけようと、儚《はかな》い抵抗を試みるが、力の失《う》せた華奢《きゃしゃ》な腕ではびくともしなかった。

「いいよ——変におなり——君をとことん乱れくるわせたい」

はっと恐ろしい予感に襲われ、腰を引こうとした。が、それより早く、オズワルドは包皮から頭をもたげたひりつく秘玉を、ちゅっと音を立てて口腔《こうこう》に吸い込んだ。そしてぬるつく口蓋で扱《しご》くようにしながら、舌先で小刻みに弾いてきたのだ。

「い、やぁあああぁっ、ああ、だめ、あぁだめ、だめぇえっ」

激烈な快感に、クリスティーナは瞬時で達してしまう。びくびくと腰を痙攣《けいれん》させ、弓なりに反《そ》らせ悲鳴を上げた。手すりから上半身が大きく乗り出し、解けた銀髪が風に舞う。

「だ、め、達《い》ったのぉ、あぁ、また……あぁ、達っちゃ……ぅ」

仰け反って目を見開くと、今まさに最後の黄昏《たそがれ》の陽が西の空に沈もうとしており、目の前が朱色に染まった。その刹那、オズワルドが膨れた秘玉をかしりと噛《か》んだ。

「ひ……ひぁ、あ、あぁぁあ、あああぁあ、あ」

意識が一瞬飛び、クリスティーナは激しい愉悦に身を震わせた。そして、熱い大量の蜜潮がビュッと噴き出してオズワルドの顔面を淫らに濡らした。

「……は、はぁ、は……はぁ、ぁ……」

クリスティーナは大きく胸を上下させ、絶頂の余韻に浸った。

自分の中に、秘めた淫らな器官や欲望が、どれほど眠っているのか想像もつかない。そして、その秘された淫靡《いんび》な扉を、オズワルドが次々に開いていく。

期待と恐怖に、身体が戦慄する。

「すごく感じてくれて、嬉しい――でも、まだこれからだよ」

オズワルドが立ち上がった。ひくひく痙攣している彼女の前に立ち、自分の下穿きを緩める。

意識が朦朧《もうろう》としていたクリスティーナは、片脚を高く持ち上げられ、はっとした。

「もっともっと天国に、連れていって上げる」

どろどろに溶けた蜜口に、そそり立った肉槍の先端が押し当たる。

クリスティーナはこれ以上されたら、自我が崩壊してしまう恐怖を感じ、必死で身を捩《よじ》った。

「い……や、だめ、もう、しないで、だめ……あ、あぁぁあっ」

弱々しい抵抗も虚《むな》しく、力任せに灼熱の剛直を突き立てられ、クリスティーナはあられもない嬌声を上げてしまう。

秘玉への執拗《しつよう》な刺激で、もうだめだと思うほどに感じたはずなのに、淫襞は飢えきっていて、与えられた快感に打ち震えてしまう。

「あ、あぁあ、あ……あぁ」

瞬時に深く達してしまい、びくんびくんと腰が浮いた。

「く——すごい締め付けだ。それほど、私が欲しかった？」

耳元でオズワルドが満足そうに息を吐き、武者震いした。

「ふ、ぁ、ち、がう……そんな……あ、もう、動かないで……」

これ以上激しくされたら、ほんとうに死んでしまうかもしれないと思うほど、クリスティーナは追いつめられた。だが、オズワルドは深く繋がったまま、最奥《さいおう》を掻き回すように腰を捻《ひね》り穿ってくる。

「っ、きゃ、あ、またっ……っ」

あっという間に昇り詰めてしまう。ずんずんと真下から突き上げられるたび、グチュリと大量の蜜が溢れ、結合部をぬるぬるにする。

「あ、は、あぁ、あ、やぁ、ああんぅ」

激しい律動に合わせ、淫らな嬌声が止められない。床に着いていた片脚が、男の抽送の勢いで、徐々に宙に浮き、爪先が愉悦を与えられるたびに空を掻《か》く。

「ああ——君が私を求めていることが、熱く伝わってくるよ、クリスティーナ」

「ひ、違う……そんなんじゃ……あぁ、あ、んんぅ、あぁっ」

自分はこんな猥りがましい女ではないと、必死に自分に言い聞かす。だが、最奥まで貫かれるたびに、痺れる快感に強くいきんでしまい、男の肉胴を喜ばしげに締めつけてしまうのが止められない。きゅんと膣襞が収斂すると、硬い屹立《きつりつ》で目一杯満たされていることをありありと感じ、全身が悦《よろこ》びに戦慄《わなな》いてしまう。

「あ、だめ、も、そんなに激しく……やぁ、いやぁっ」

「激しいのが好きだろう？——もっと欲しいのだろう？」

「ち、がう……」

「この期に及んで、素直じゃないな——もっと乱したくなる」

オズワルドはいきなり、下りていたクリスティーナのもう片方の足裏も抱え上げ、彼女の背中を手すりに強く押し付け、腰を振り立ててきた。

「あ、きゃぁっ、やぁ、やめ……怖い、いやぁ、この形……あぁっ」

身体が宙に浮く形になり、両足をM字型に大きく開いた淫らな体位に羞恥が煽《あお》られて、どういうわけか興奮がさらに高まってしまう。

「ああ、食いちぎられそうに締めつけて——いやらしいほうがいいのだな」

獣欲に支配されたオズワルドの表情は、ぞっとするほど壮絶に美しい。嫌だと思うのに、魅了されてしまう。彼の意のままになりたくないのに、そう思えば思うほど、身体は快感に打ち震えてしまう。

「ふぁ、あ、は、だめ、ああだめ、だめ、私……っ」

いつのまにかほっそりした両手が男の首に絡み付き、自ら求めるように引きつけている。

「ああ――クリスティーナ」

オズワルドが陶然とした声を出し、揺れる白い乳房に顔を埋め、尖った乳首をきつく噛んだ。

「つうっ、あ、やぁ、しないで、そんなに乱暴に、ああぁぁっ」

血が滲《にじ》むかと思うほど強く噛まれたのに、そこからじんじんした被虐的な愉悦が迸《ほとばし》り、脳裏が真っ白に染まる。

「可愛い――この肌、この身体、なにもかも、私の刻印で埋め尽くしたい」

乳首ばかりでなく、乳房にも首筋にも肩口にも、男は飢えた狼《おおかみ》のごとく歯を立ててくる。

「やぁ、噛まないで……だめ、あ、だめ、く、あぁ」

真っ白な肌にくっきりと赤い噛み跡が散り、そこから燃え上がるような熱が沸き起こり、クリスティーナは幾度となく絶頂に昇らされてしまう。

「あ、達く、あ、だめ、また……あぁ、終わらない……許して、も、もう……っ」

あまりに深い快感は、苦痛にまで昇華すると知った。

「許さない――君を私だけでいっぱいにするんだ――私のことしか、考えられないようにしてやる」

オズワルドは凄《すご》みを帯びた声で唸り、いっそうがむしゃらに腰を打ち付けてくる。粘膜と粘膜が激しくぶつかり合い、そこから泡立った愛液が止めどなく溢れ、バルコニーの床にまでぽたぽたと滴る。

「も、許して、あ、も、おかしく、あぁ、だめ、だめだめっ」

何度目かの絶頂の後、最後の喜悦の大波が襲いかかる。

「あぁ、あ、いやぁあ、ああぁぁぁっ」

びくびく震えていたクリスティーナの全身が、ぴーんと硬直した。

「っ――」

達すると同時に女の媚肉が凄《すさ》まじい勢いで男根を絞り上げ、オズワルドはさらに深くクリスティーナの腰を抱え込み、欲望を解放した。

「んんぅ、んん、んんんんっっ」

強く腰を打ち付けられ、最後のひと雫《しずく》まで白濁の精を注ぎ込まれる。

「は、はぁ……は、あぁ、あ……ぁ」

開放感と気怠《けだる》い陶酔に包まれ、二人はぴったり繋がったまま、ただ激しい呼吸を繰り返した。

すでに夕陽は残照を残して没していた。

仰け反って息を弾ませていたクリスティーナは、虚《うつ》ろな眼差しでその最後の光を見つめている。

(なんだか、身も心もオズワルドに征服されてしまったよう……)

徐々に快感の波が引いていくと、淫欲に流された自分がかすかに口惜しい。

「――とても、よかった……君は？」

まだ彼女の両足を抱えたまま、オズワルドが掠《かす》れた声で尋ねた。

「……ひどいわ、やめてって言ったのに、めちゃくちゃにして……」

クリスティーナは悔しげに答える。

オズワルドがそろりと彼女の中から抜け出て、そっと足を床に降ろしてくれる。もはや足がなえてしまい、クリスティーナはくたりと床に頽《くずお》れてしまう。

オズワルドが落ちていた部屋着を拾い上げ、膝をついてそれで彼女をくるんだ。

「でも、よかったんだろう?」

耳元でからかうように言われ、頬に血が昇る。

「意地悪……っ」

怒りを含ませたつもりが、なんだか甘えるような口調になってしまい、我ながらどうしたことかと混乱する。

「ふふっ」

オズワルドは不可思議な笑いを漏らし、燃えるように熱い頬に口づけした。

「たしかにめちゃくちゃだ——晩餐前に綺麗にしないとね」

オズワルドは部屋着に包んだ彼女の身体を、ひょいと抱き上げた。

「あっ、なにを……」

「腰が抜けて立てないのだろう? 浴室までお連れする。そして、隅々まで洗ってあげる」

軽々と部屋の中に運ばれ、クリスティーナは男の腕の中でじたばたもがいた。

「あ、赤ん坊じゃないのだから、ひ、ひとりで入れますっ」

「二人で入る方が、早くすむじゃないか」

「いいえ、あなたと二人きりで裸になれば、ぜったいただではすまないわ、なにかやましいことが起こるもの」

「おお、それはもっと私とやましいことをしたい、という意味か？」

「そんな訳ないでしょう。どこまであなたって、はしたないの？」

「君が私をはしたなくさせるんだ」

「わ、私のせいだって言うの？　あんまりだわ」

「その通りだからね。男の欲望を煽る責任は、とってもらわねば」

「どういう理論なの、あなたって、ほんとうにずるい」

「ずるくなければ、王としてやっていけぬしな」

「あなたがいやらしいのと、王としての才覚は無関係よ」

浴室のドアを片手で開けながら、ふいにオズワルドが声を上げて笑い出した。

クリスティーナはきょとんとして、楽しげに笑う彼の顔を見つめた。

「な、なにがおかしいの？」

オズワルドはまだくつくつ笑いながら、答える。

「ほんとうに君は、手ごたえがあって面白いな、って」

「っ――」

どこまで人を馬鹿にするのだろう、と言葉に詰まるのだが、なぜだか本気で腹が立たないのが、不思議だ。

（この人の笑顔が魅力的なのは認めないわけにはいかないわね）

内心でため息をつく。

そしてもはやオズワルドのなすがままに、浴室に連れ込まれてしまう。


翌日、二人はハニームーンの続きで、近くの湖沼地帯で船遊びをすることになっていた。

乾燥地帯であまり水に恵まれないイムル国には、大きな湖はない。

クリスティーナは前々から、この船遊びを楽しみにしていたのだ。

馬車で湖畔まで行くと、桟橋に王室専用の大きな遊覧船が停泊している。全体を白鳥の形を模して造られた美しい船に、クリスティーナは馬車の窓から歓声を上げた。

「まあ素晴らしい船！　ああ早く乗りたいわ」

今にも窓から飛び出しそうにはしゃいでいる彼女を、オズワルドは苦笑して眺めている。

「船に乗るのがそんなに楽しいものか？　私など、さんざん乗りあきている」

目を輝かせて桟橋の方を見つめていたクリスティーナは、不思議そうに尋ねた。

「あら、それならなぜ、新婚旅行に船遊びを入れたりしたの？」

ハニームーンの旅程を組んだのは、オズワルドだったからだ。

オズワルドは一瞬ぐっと言葉に詰まる。

「それは——君が船に乗るのは初めてだと聞いたからだ」

クリスティーナはとくんと胸が高鳴った。

「私のために、わざわざ？」

すると彼はふん、と尊大に鼻を鳴らす。

「我が国の船舶業の偉大さを、君に見せつけたかっただけだ」

「なあに、それは」

「つまり、アルランドとイムルはひとつになったが、国力は私の国の方が上であると、君にわからせたかったのだ」

クリスティーナは頭に血が昇る。

「船がなによ。私の国には、砂漠越えも出来る立派な戦車が幾つもあるのよ。陸上の乗り物は、イムルの方がずっと発達しているわ」

「ひとつの国になった今、自国の自慢をしてなんになる？」

「あなたから仕掛けてきたくせに、ずるいわ」

クリスティーナはぷいっと窓の外に顔を向けた。せっかくの楽しい気持ちに水をかけられて、不愉快になってしまう。

二人はむっと押し黙り、別々の窓に目を向けていた。

栈橋《さんばし》に到着する、

遊覧船は近くで見るともっと豪華だった。とても船遊び用の遊覧船とは見えない。

目を丸くして船を見上げているクリスティーナに、背後からオズワルドが誇らしげに言う。

「船内には遊技場も、小さい舞踏会場も設置されている。専用の楽団も乗り込んでいるから、食事中の生演奏はもとより、いつでもダンスができる。食事も、城と同じ技術をもった一流シェフが新鮮な食材で腕を振るってくれるぞ」

あまりに素晴らしい船で胸が躍った。頬を紅潮させてオズワルドを振り返ると、彼が得意気な顔をしているので、しゃくになってつんと顎を反らせてしまった。

無言のまま二人は船長と船員に迎えられ、船に乗り込んだ。

船の貴賓室は、まるで一流ホテルの部屋のように豪奢《ごうしゃ》だ。

部屋に入ったクリスティーナは、オズワルドと二人きりになる空気が気詰まりで、彼を部屋に残したまま黙って甲板へ出た。

船はゆっくりと運行を始めている。

まるで海のように広大な湖を、白い船は滑るように進んでいく。天気は快晴で風は少し強く、絶好の船旅日和といえた。

手すりにもたれたクリスティーナは、深く澄んだ湖を見回し、その風光明媚さにため息をついた。

湖の色はオズワルドの瞳の色を思い出させた。

（なんだかんだ言っても、自分は飽き飽きしているはずの湖の旅を、私のために組み込んでくれたのよね……）

いつまでも拗《す》ねている自分に少し反省する。だが、気まずい雰囲気をどうやって打ち払えばいいのかわからず、その場にぐずぐずしていた。

「――クリスティーナ？」

背後からそっと声をかけられる。

オズワルドだ。

（あの人から来てくれた――！）

嬉しいのに、すぐに返事を返すのも待ち焦がれていたみたいで恥ずかしく、無言で湖を眺めていた。

そっぽを向いている彼女に、オズワルドが再び小声で呼ぶ。まだ聞こえないふりをしていると、背後から近づく足音がし、手すりの上に置いた手を握られた。温かい掌の感触に、心臓が勝手にざわついてくる。

「――クリスティーナ、先ほどは少し言い過ぎた、と思う。せっかくのハニームーンだ、できるだけ仲良くしよう」

彼の声には誠実な響きがあった。クリスティーナはそっと振り返る。

オズワルドがこちらの顔色を窺っている。

一応反省しているようだ。

(可愛いところもあるのね)

すっかり彼女の機嫌は直ったが、わざと膨れた素振《そぶ》りで押し黙ってみせた。

オズワルドが困惑している。

「口をきいてくれ――君に黙られると、私はどうしていいかわからない。憎まれ口をきかれたほうが、まだほっとする」

ふいにクリスティーナは彼が微笑ましくなる。

(もしかしたら、この人はただ気持ちの表し方が下手なだけかもしれないわ。本心はべつのところにあるのかもしれない)

自分だって、オズワルドを蛇蝎《だかつ》のごとく嫌っているわけではない。

子どもの頃のトラウマで、彼になかなか心を開けないでいるだけなのだ。

ほんとうは、この美しく聡明《そうめい》な王には尊敬の念を持っている。

ただ、政略結婚を迫られて、互いの気持ちを確かめることなく結ばれてしまった。彼への感情が自分でもはっきり掴めないままなのだ。

「反省をされているなら、許して差し上げなくもないわ」

だが、口をついて出た言葉はいかにも可愛げのないものになってしまった。どうしてこう、ひねくれたもの言いをしてしまうのだろう。内心歯噛《はが》みする。気持ちの表し方が下手なのは、自分の方なのだ。

オズワルドはほっとした表情になる。

「君の許しなどいらないが、とりあえず機嫌を直してくれてありがたい。いつまでも王と王妃がつんけんしていては、侍従たちに示しがつかないからね」

彼も彼で、表情と裏腹の傲慢《ごうまん》な口調で返してくる。

「わかっています。せっかく両国がひとつになり、新しい道を進んでいくのですから、私の個人的な感情など後回し、そういうことね」

ふいにぎゅっと重ねられた男の手に力がこもる。

「そういうことにしてもいいが――それならなおさら、王を敬愛する王妃の役割に徹したまえ」

オズワルドがぐっと身体を押し付けてくる。

「あ」

彼の腕が腰に回され、抱きしめられた。

背中に男の力強い鼓動を感じ、胸が熱くなってくる。

「いろいろ君への文句を差し引いても――」

うなじに顔を埋めてオズワルドがささやく。

「君は、魅力的だ――それだけは真実だ」

彼の美声が直接首筋に響き、クリスティーナは恥ずかしいのと擽《くすぐ》ったいのとで、首を竦める。

「う、嘘《うそ》……つきね」

脈動が急速に昂《たかぶ》り、息が上がってくる。

オズワルドはいつでもこんなふうに、不意打ちで直球をいきなり投げ込んでくる。クリスティーナはその度にどぎまぎしてしまう。嬉しいようなせつないような気持ちが浮き立つような落ち込むような――今まで感じたことのない、このざわざわした落ち着かない感情の正体が、自分ではよくわからない。

「どうすれば信じてもらえるのかな?」

細腰を抱きしめていた両手が、そろそろと上へ伸びてくる。乳房を弄られて、びくりと腰が浮く。

「あ、だめ……」

「君と仲直りするには、こうする方が手っ取り早い」

アップに束ねていて剥《む》き出《だ》しになっていた細いうなじに、ちゅっと口づけされる。ぞくっと背中が甘く痺れた。

「ずるい……わ」

心ならずも甘く感じてしまい、クリスティーナが悔しげに顔を振り向けると、その唇をしっとりと塞がれる。

「ふ……ぁ、んん……」

オズワルドの舌の侵入を阻もうと、きゅっと唇に力を込める。だが、背後から乳房を弄っていた彼の手が、ドレス越しに乳首を探り当て、指先で揺さぶると、下肢がじくんと疼いて、思わずため息を吐いてしまった。

「はぁ、あ、く、う、んんんぅ」

すかさず男の舌が口中に忍び込み、逃げようとするクリスティーナの舌に絡んで吸い上げてくる。脳芯まで蕩けて、みるみる身体の力が抜けてしまう。

（この深いキス……私の抵抗をすべて奪ってしまう……鬼門だわ）

顔を振り払うようにして、オズワルドの唇から逃れ睨みつける。

「や、めて……不謹慎よ。侍従たちもいるのに……」

「そんなことを言いながら、もう感じているんだろう？」

ぎゅっと凝《しこ》った乳首を服地の上から摘まれて、あやうく甘い悲鳴を上げそうになる。

「っ……やめ、て……意地悪……っ」

「こうして密着していれば、傍目《はため》には仲のよい王と王妃が絶景の風景を楽しんでいるようにしか、見えないよ」

オズワルドが楽しげに言う。悪戯《いたずら》な手は動き続け、片手で乳房を撫《な》で回し、もう片方の手が前からそろそろと長いスカートを捲《めく》り上《あ》げてくる。

慌ててその手を両手で押しとどめようとした。

「あ、だめ……っ」

「目の前は湖だ――誰にも見えない」

オズワルドは露わになった脚をねっとりと撫で上げてくる。下肢がざっと粟立つ。

「だめ、だめよ」

こんな船上で、周囲に船員も侍従たちもいるのに――クリスティーナは男の逞《たくま》しい腕の中で逃れようと身を捩ったが、さらに指は大胆に蠢《うごめ》く。

「しいっ、変に騒ぐと、却《かえ》って周りに怪しまれるぞ」

オズワルドに耳元でささやかれ、どきんとして動きを止めてしまう。ドロワーズの裂け目から、長い指が忍び込んできた。

「あ、や……っ」

和毛《にこげ》を弄られ、さらに奥の秘裂に指が伸びてくる。

「そら――もう濡れている」

オズワルドがふふっとほくそ笑む。

「ちが……ぅ、ぁ、や……ぁ」

くちゅりと媚肉を暴かれ、快感の塊である花芽にゆっくりと触れてくる。すぐにそこは充血し、芯をもってひりついてくる。

「そこ、だめ、あ、あ」

「ふふ、ここ、ほんとうに弱いね」

背後から抱きしめる素振りをしながら、オズワルドの指はねんごろに秘玉を愛撫《あいぶ》し、滲《にじ》み出《だ》した愛液を指で掬《すく》い、さらにぬるぬると擦ってくる。

「や、あぁ、は、だめ、だめなの……に……」

なにかに縋《すが》っていないとも足が崩れ折れそうなほど甘く感じてしまい、クリスティーナは必死で手すりにしがみついた。そうなると、もはやオズワルドの悪戯な手を押しとどめることが出来ず、彼のなすがままになってしまう。ぬるぬると鋭敏な尖りを揺さぶられ、そこから快美な疼《うず》きが全身に広がっていく。

「んん、んぅ、ん、く……ぅ」

周囲の目を気にして、淫らな喘ぎ声を必死に抑え込もうとした。そうすると、熱い欲望のはけ口がなくなり、ますます強く感じてしまう。腰がくねくねと蠢いて、誘うように男の股間に当たってしまう。

「君の身体は素晴らしい——柔らかくて淫らで」

耳元のオズワルドの息が熱っぽく弾《はず》んでくるのがわかる。彼はすでにびっしょりと潤った割れ目に指を潜らせては熱い蜜で濡らし、繰り返し膨れた花芯を刺激する。

「あ、あぁ、あ、く、ぅ、ぅう……」

凄まじい刺激だった。強い尿意にも似た淫靡な疼きに、かつて感じたことのないくらい、頭の中が快感だけでいっぱいに満たされる。

五感が驚くほど研ぎすまされ、湖水を渡る風が火照った頬を撫で、波の砕ける音、水鳥の鳴き声、そして船員たちの交わす会話――なにもかもがくっきりと感じられるのに、全身は愉悦で酩酊《めいてい》している。

「だ、め、あ、オズワルド、私……も、あ、もうっ……」

背中を強《こわ》ばらせ、ぎゅっと目を瞑る。視界が喜悦で真っ白に染まる。びくびくと下肢を震わせ、鋭く達してしまう。どろりと身体の芯が溶けるような気がした。

「ふ、は……ぁ、は……」

オズワルドに抱きすくめられたまま、小刻みに肩を震わせる。

「可愛い――もう達してしまった。君の身体は、感じやすくて素直で、とても正直だ――」

オズワルドが濡れた舌で、耳孔をぐちゅぐちゅと掻《か》き回《まわ》した。

「あ……ん」

再び淫らな疼きに襲われ、白い喉を仰《の》け反《ぞ》らして喘《あえ》いだ。

「でも、もっと奥に欲しいだろう?」

そう言うや否や、秘玉をなぞっていたオズワルドの指が、濡れ果てた膣壁の中にずぶりと潜り込んできた。

「ぁっ、やっ……あ」

待ち望んでいた刺激に媚襞が喜ばしげにうねってしまう。両足が物欲しげに開いて、男の指をさらに受け入れようとしてしまう。

「も……恥ずかしい……やぁ、お願い……やぁ」

「恥ずかしいのが好きなんだろう?　君の中が私の指を咥《くわ》えこんで、離さない」

長い指が疼き上がった膣襞を抜き差しして擦り上げると、あまりの快感に羞恥心すら、薄れてしまう。

「だって……あなたが……あぁ……私を、こんな、恥ずかしい身体にしたんだわ……んぅ、あ、ずるい……っ」

恨みがましい声を出そうとするが、ぴちゃぴちゃ卑《ひ》猥《わい》な音を立てて指が出入りするのに合わせ、腰が淫らに揺れてしまうのを止められない。

「でも——好きなんだろう?　こういうこと」

ぐっと指が奥へ突き立てられる。

「ふぁ、あ、は、あぁ……」

じんと脳芯まで痺れる喜悦に、拒絶の言葉が出ない。

もう早く終わらせて欲しい。解放して欲しい。

そればかりで――。

「お、願い……オズワルド……も、う、達《い》かせ、て……」

せつない声を震わせる。

「ここで？」

ふいに焦らすように、指の動きが止まり、ぬるりと抜け出ていった。

「……やぁっ、だめ……」

昇り詰めようとしていたクリスティーナは、思わずいやいやと首を振る。

「でも、ひと目があるだろう？」

涼しい声で言われ、クリスティーナは涙目でオズワルドを睨《にら》んだ。

「ひ、どい……このまま、なんて……」

オズワルドは視線を反らせたまま、さっさと彼女のスカートを下げてしまう。そして、周囲に聞こえるような爽やかな声で言う。

「さて、景色も堪能したし、少し部屋で休むとしよう」

オズワルドは片手を差し出した。

「王妃、行こうか」

「っ……」

クリスティーナは唇を噛み、汗ばんだ掌を相手のそれに重ねた。オズワルドがゆっくり船室へ向かう。太腿の狭間《はざま》がどろどろで、歩くと溢れた蜜が膝の下まで流れてくる。

「王妃は少し船酔いされたようだ。昼餐《ちゅうさん》は、少し時間を遅らせてくれ」

オズワルドが侍従の一人に声をかけた。

「かしこまりました。お薬とお水をお持ちしましょうか？」

「いや、少し横になれば大事ないだろう」

今しがたまで淫らな行為を仕掛けていたとも思えない、平然としたやりとりをするオズワルドに、クリスティーナは口惜しくてならない。だが、淫靡に燃え上がった身体の火照りは収まらず、一刻も早く部屋に戻りたかった。

ようよう貴賓室に入るや否や、クリスティーナはわなわな震えながらオズワルドにしがみついた。

「ああ、ひどい人……ひどい、私、こんなに……どうしたらいいの？」

オズワルドが我が意を得たりとばかりに言う。

「君がどうしたいか、正直に求めればいい。私はそれを、拒んだりはしないよ」

「っ——」

クリスティーナは小さな拳《こぶし》を握りしめる。このままではオズワルドの思《おも》う壺《つぼ》だ。

だが、こんなにも欲情した肉体を抑えることはできなかった。

クリスティーナは耳朶《じだ》まで真っ赤に染め、小声で言う。

「お、願い……オズワルド、あなたが、欲しいの……」

オズワルドが勝ち誇った声を出す。

「それは、もっといやらしいことをしたい、という意味か？」

屈辱で泣きそうだ。なのに、どこかに被虐の淫らな悦びを感じてしまう。

「っ……そ、そうよ……い、いやらしいことを、して、ほしいの……」

一度恥ずかしい言葉を口にすると、理性の箍《たが》が一気に外れた。

クリスティーナはスカートを捲《めく》り上げた。自分がどんなに卑猥な行為をしているか、ほとんど自覚はなかった。それでも、恥ずかし過ぎて相手の顔をまともに見ることは出来なかった。

彼女はオズワルドに背中を向け、壁に両手を突いて尻を付き出す格好になった。あまりの恥辱に顔から火がでそうだったが、獣欲に飢えきっていて、この淫らな炎を沈めて欲しいことしか考えられなかった。

「お願い、オズワルドが欲しいの……あなたのもので、私を……どうか……」

さすがにそれ以上卑猥なことは言えず、喘ぐ全身を桃色に染めるしかできなかった。

「いい子だ——素直に自分を曝《さら》け出す君は、とても好ましい」

オズワルドの声も欲望に震えていた。

かすかな衣擦《きぬず》れの音がし、彼が近づいてくる気配がした。オズワルドの体温と乱れた息づかいに、心臓が期待に早鐘を打つ。男の手が乱暴にドロワーズを引き下ろすと、ぶるっと身体が戦慄する。

「君の欲しいのはこれ？」

ぐっと硬く滾《たぎ》った欲望の先端がひくつく蜜口にあてがわれると、それだけできゅーんと子宮の奥が痛いほど疼いた。

「あ、あぁ、そうよ、早く……もう、焦《じ》らさないで……」

自ら尻を後ろに突き出し、淫らに誘ってしまう。

「っ――」

オズワルドの辛抱も頂点に達していたか、ふいにむんずと尻肉を掴まれ、一気に怒張を突き入れてきた。

「あう、あぁぁっ、あーっ」

それだけで激しく達してしまい、クリスティーナは猥《みだ》りがましい悲鳴を上げて、身体をがくがくと震わせた。

「もう、達《い》ってしまった？」

最奥まで挿入したオズワルドが、熱のこもった声でささやく。

「は、はぁ、あ、ぁ……」

クリスティーナは身動きもできず、びくびくと小刻みに腰を震わせる。

「熱い——君の中、蕩《とろ》けてしまいそうだ」

オズワルドが酩酊した声を出す。その声にすら、感じ入ってしまう。もっともっと、自分の中で男を乱したい、と希求する。

「もっと、来て……」

下腹部力を込めると、うねる媚襞が、目一杯収まっている剛直をぎゅうっと締めつけた。

せつないため息を漏らすオズワルドに、彼もぎりぎりまで欲望を抑えていたのだと知った。

「は——クリスティーナ」

（それなのに、余裕のある素振りをして——なんだか、可愛い……）

身体中をじーんと甘い気持ちが駆け巡る。

確かに、身体を繋げると互いの本音が見えて、二人の距離がぐっと縮まるような気がした。

「クリスティーナ——」

オズワルドががつがつと腰を打ち付けてくる。あまりの激しさに、両手を壁に踏ん張っていないと身体が振り回されてしまいそうだ。

「は、あ、ぁ、あぁっ、あ、激し……っ」

笠《かさ》の開いた先端の括《くび》れが、媚壁の上辺をぐりぐりと抉《えぐ》っていく感じが、たまらなく気持ちいい。力任せに腰を打ち付けられるたび、ぱつんぱつんと肉の弾ける恥ずかしい音が部屋に響き、

羞恥と愉悦に頭がぼんやりしていく。

「すごい締めつける――そんなに、よいか？」

何かに耐えるようなオズワルドの掠れた声に、まるで全身を舐め回されているような錯覚に陥り、再び達してしまう。

「んぅ、あ、はぁ、オズワルド、ああ……オズワルド……っ」

このやるせない感情と陶酔をどう表現していいかわからず、ただ相手の名前を連呼した。

「クリスティーナ、クリスティーナ」

次第に抽送を早めながら、オズワルドも艶めかしい声で名前を呼び返す。直接的な抜き差しに加え、子宮口《こ》を捏ねるように腰を蠢《うごめ》かされると、どうしようもなく感じてしまい、淫らな嬌声が止められない。

「うぁ、あ、だめぇ、そこ、だめなのぉ……オズワルド」

「ここがいいのだろう？　奥が、感じるのだろう？」

一番痺《しび》れる箇所を、オズワルドの屹立が的確に抉ってくる。瞼《まぶた》の裏に絶頂の火花が何度も煌《きら》めく。銀色の髪を振り乱し、しなやかな全身を戦慄《わなな》かせ、感極まって甘く啜《すす》り泣《な》く姿は、あまりに妖艶だった。

「んぁ、あ、すご、い……あぁ、すごい、オズワルド……っ」

「っ――もうもたぬ――出すぞ、クリスティーナ」

オズワルドががくがくと腰を大きく揺さぶった。

「は、あぁ、あ、来て……あぁ、来て……っ」

身体の奥で一段と膨れた男の欲望を締めつけ、クリスティーナも深い悦楽の波に押し上げられる。

「……あぁ、あ、あぁぁぁっっ」

刹那、クリスティーナはびくびくと痙攣しながら激しく達した。次の瞬間、その断続的に締めつける媚襞の中に、オズワルドも熱い飛沫《しぶき》を噴き上げる。

「ふ、あ、深い……っ」

最後の一滴まで絞り尽くすために、ずんずんと何度か強く穿《うが》たれ、その度に軽く達してしまう。そして腰を打ち付けられると、自然に膣襞が収斂《しゅうれん》して肉筒を締めつけてしまう。それがまた快感の余波となり、クリスティーナはしばらく身動きもできずただ、息を整えるばかりだった。

「こうしていると――君と心までひとつになれたような気になるな……」

余韻を堪能するようにしばし身体を繋げたままでいたオズワルドが、ため息混じりにささやく。

（あ……それは私も同じような気持ちで……）

そう答えようとする前に、彼はゆるりと抜け出ていった。

「ふ……ぅ……」

まだ綻んだままの花唇からとろりと白濁の精が溢《あふ》れ出《で》て、生暖かく太腿まで滴る。

背後でオズワルドが下穿きを整える気配がする。クリスティーナは気怠い身体をのろのろと起こし、うつむいてドレスを整えた。快感の余韻が冷めてくると、乱れた自分が気恥ずかしくて、到底彼の顔を見ることができないのだ。

「君の心をつかめるのなら、何度でも身体を繋げるのに——ところ構わずどこででも、君を抱いてしまいたい」

オズワルドが独り言のようにつぶやいた。

クリスティーナはぱっと顔を赤めて、彼を振り返った。

「な——にを、はしたないことを……っ」

すっかり身支度を整えたオズワルドが、口の端を持ち上げて笑う。その黒曜石色の瞳には、まだ獰猛《どうもう》な光が残っている。

「そうか？　君だってひどく悦んでいただろう？　私に四六時中抱かれたいと、思わないか？」

クリスティーナはぶんぶん首を振る。

「あなたって、外面はとても気品ある素振りなのに、私の前だと、どうしてそんなにも品性下劣なの？　裏表がありすぎるわ」

「そうかな、私はいつだって私自身のつもりだが、もしそういう風に見えるのなら、それは君のせいだ」

平然と答えるオズワルドに、クリスティーナは口をぽかんと開ける。

「わ、私のせいですって？」

「そうだ、君が私の品性を貶《おとし》めるんだ」

「――あなたって……」

子どものような態度に、呆《あき》れてものも言えない。

「君がいけないんだ――そんなに……愛らしいから」

言ってからオズワルドは、耳朶を赤く染め慌てて口をつぐむ。

クリスティーナは胸がばくんと跳ね上がり、一瞬我が耳を疑った。

「え？　今、なんて？」

オズワルドはむすっとした顔でそっぽを向いた。

「なにも――」

クリスティーナはオズワルドに詰め寄った。

「いいえ、今なにか聞き慣れない言葉を耳にしたような――」

「なにも言ってはおらぬ」

彼は顔を背けたままクリスティーナを押しのけ、ドア口に向かおうとした。クリスティーナはその腕をぎゅっと握り、自分に引き寄せようとする。

「待ってください」

「そんなに身体を押し付けてくるな——誘っているのか？　まだ足りないか？」

背中を向けたままそんな暴言を吐かれ、クリスティーナは屈辱にかっとなる。

「ひどいわ、あなたっていつもいつも私をからかったり意地悪したり、そんなことしてなにが楽しいの？」

さっきまで心が寄り添ったかもとほっこりした気持ちになったのに、すっかり台無しにされてしまった。さらに言い募ろうとすると、ふいにオズワルドが振り返り、腰を抱きすくめ、乱暴に唇を塞いできた。

「……く……ふぅ……ぅ」

容赦なく舌を吸い上げられ、息もを奪われる。口腔内で捏ねくられて唾液が溢れ、拭うこともかなわず口の周りをはしたなく濡らす。

「や……んぅ、ん……」

呼吸が出来ず頭がくらくらしてきて、彼の胸を拳で何度も叩《たた》いた。しかし彼は容赦なく口腔を貪ってくる。

「ふ……はぁ、あ……」

全身から力が抜け、彼を押しのけようとしていた両手がゆっくり解け、だらりと垂れ下がる。

彼女の抵抗が失《う》せたのをいいことに、オズワルドは何度も顔の角度を変えては、クリスティーナに深い口づけを繰り返した。

「——あの……お取り込み中、誠に申し訳ありませんが」

突然、遠慮がちに侍女がこつこつとノックした。

二人は同時に我に返り、ぱっと身体を離した。

「なに用だ？」

オズワルドが普段の少し厳《いか》めしい声を出す。クリスティーナは慌ててハンカチを出して、唇の周りを拭った。

「遭難者を一名、救助いたしました」

「遭難者だと？」

オズワルドはドアをさっと開いた。青ざめた侍女がドアの前に立っている。

「はい。湖で溺れかけていた男を、たった今船員たちが引き上げて、蘇生《そせい》処置を行ってるところです」

「大変だわ、オズワルド、すぐに行きましょう」

会話を聞いていたクリスティーナは、背後からオズワルドを促した。

「参る」

さっさと歩き出した彼の後を、クリスティーナも追いかけた。

甲板に出ると、大勢の船員たちと侍従たちが集まっている。

「もっと心臓マッサージを続けて」

「一、二、三、一、二、三──」

甲板に濡れ鼠で横たわっている男性を囲み、数人の古参の船員たちが心肺蘇生法を施している。

「通せ」

オズワルドが進んでいくと、皆が素早く道を空けた。

「詳細を述べよ」

オズワルドが、遭難者の傍らでタオルを手にしている侍女頭に尋ねると、彼女はてきぱきと答えた。

「先ほど、航行先から一人の男が流れて来たのです。船員たちが総出で引き上げると、呼吸停止状態でしたが、まだかすかに脈がありました。そこで蘇生措置を施しております」

「身元は？」

「身に着けているものはシャツと下袴《したばき》だけで、何者かわかるものは何も──」

オズワルドは気遣わしげに遭難者を覗《のぞ》き込《こ》んだ。

「まだ、若いな──私と同い年くらいか、少し上か」

クリスティーナはオズワルドの背後から、そっと顔を覗《のぞ》かせた。

茶色の短髪、浅黒い彫りの深い顔、麻のシャツに裾の長い皮の下袴を履いている。蘇生術を施すために剥《む》き出しにされた厚い胸板には、なにか架空の生き物の紋様の刺青《いれずみ》が一面に彫られている。その見慣れぬ刺青や服装や顔つきから、異国人と思われた。顔色が真っ青で死人のようだ。

オズワルドは後ろにクリスティーナが寄り添っているのに気がつき、気遣わしげに言う。

「君は部屋へ戻っているほうがいい。ここは私たちに任せて」

「でも、私も心配で——」

躊躇《ちゅうちょ》していると、ふいに船員の一人が声を張り上げた。

「呼吸が戻りました！」

わっと周囲のものから歓声が上がる。

異国の若者が、ひゅうひゅうと苦しそうだが浅く呼吸を始めたのだ。

「よかった！」

オズワルドとクリスティーナが声を揃《そろ》え、思わず微笑み合った。そして慌てて、気まずく目を反《そ》らした。

「その青年は、丁重に介抱してやれ。回復したら、詳しい事情を聞こう」

オズワルドはそう命令すると、周囲に集まっていた者たちにきりりとした声で言う。

「では、皆、各自の仕事に戻りたまえ。私と王妃は、これから昼餐を摂《と》ることにする。王妃、お手をどうぞ」

しれっと礼儀正しく腕を差し出した彼に、クリスティーナは苦笑いしながらも手を添えた。

「ありがとう、陛下」

(人前では、あくまで仲のいい夫婦として振る舞わなければいけないものね)

そう心に言い聞かせ、最上の笑みを浮かべてオズワルドを見上げた。

オズワルドは眩《まぶ》しそうに目をしばたたいたが、表面上は落ち着いた物腰で、クリスティーナを食堂へ導くのだった。

かくして、遭難者救助というアクシデントはあったものの、新国王と王妃のハニームーンは滞りなくすべての旅程を終わらせたのだった。

第三章　寄せては返す波のように

新婚旅行から戻るや否や、オズワルドは王としての任務に追われることとなった。

優れた知性と王としての資質に恵まれているとはいえ、まだ新米の国王である。新閣僚の選出から地方視察まで、課せられた政務はきりがなかった。

一方で、新王妃であるクリスティーナも、アルランド国という新たな環境に馴染《なじ》むため、日課が山積みで、目の回るような毎日だ。

そうした慌ただしい日々の中でも、オズワルドはこまめにクリスティーナの元を訪れ、相変わらず尊大ではあるがなにくれとなく気を配ってくれた。その心遣いはありがたかったが、顔を合わせば必ず激しく身体を繋げられてしまうので、実はこちらが目当てではないかと勘ぐってしまう。

彼に抱かれるたびに、クリスティーナの官能はみるみる開け、我ながら恐ろしいくらいだと思う。

オズワルドの不遜な態度に腹を立てているときでも、彼のしなやかな指がそっと頬に触れるだけで、じわりと子宮の奥が疼いてしまうのだ。

意見が対立して言い争っていたりすると、オズワルドは深いキスや愛撫でクリスティーナを蕩かし、愉悦で屈服させようとする。

ずるいと思いつつ、身体は甘く彼に反応してしまう。

（意地悪で威圧的なオズワルドなんか嫌いなはずなのに、どうしてこんなに感じてしまうの……）

あまりの快楽に、気を失いそうになる時もあるくらいだ。睦《むつ》み合う身体を通して、彼の優しさを感じたと思う瞬間もある。そういうとき、クリスティーナもひどく気持ちが満ち足りて、幸せだと思う。

だが、絶頂の余韻が去ると、二人の間にはぎくしゃくした空気が流れ、満たされた心とは裏腹な素っ気ない言葉を吐いてしまう。クリスティーナは、そんな自分が歯がゆく、自分で自分の気持ちが掴みきれず、ますます苛立ってオズワルドに当たってしまうのだ。

「――わからないわ……」

夕刻前のひととき、自室でやりかけの裁縫の手を止め、クリスティーナは深々とため息をついた。

「失礼します、クリスティーナ様――どうなさいました？」

風を通すために半ば開いたドアを軽くノックして、侍従の格好をした背の高い青年が入ってきた。ティーセットを載せた盆を掲げている。

「あ、レイク——なんでもないのよ、独り言よ」

クリスティーナは慌てて、縫い物を側のソファのクッションの下に押し込んだ。

「一服なさいませ——今日は王妃様のお好きなダージリンですよ」

レイクと呼ばれた長身で浅黒く精悍《せいかん》な顔立ちの青年は、優雅な動作で盆をテーブルに置いた。

彼は、ハニームーンの時に湖でひん死の状態で救助された、あの青年だった。

辛《から》くも息を吹き返した彼は、事故のショックのせいかそれまでの記憶を失ってしまっていたのだ。

顔つきや発音や服装から、北のガザム帝国の人間ではないかと推測されたが、彼は自分の名前すら思い出せない状態だった。

クリスティーナはそんな彼が不憫《ふびん》で、オズワルドに頼んで自分の身の回りの世話をする侍従の一人として、城に置くことにした。日常生活を送っているうちに、記憶が戻るかもしれない、とも思ったのだ。名前のないその青年に、湖で出会ったので「レイク（湖）」と、名付けた。

使ってみると、レイクは実に頭の回転がよく物腰に品があり、ただの出自ではないことを窺わせた。

気働きができて控え目なレイクを、一人っ娘だったクリスティーナは弟のように可愛がった。

紅茶のカップを受け取りながら、クリスティーナはレイクに尋ねた。

「どう？　少しは、なにか自分のことを思い出したかしら？」

レイクは陶器のポッドにカバーをかけながら、小さく首を振る。

「いいえ――まだなにも……」

その切れ長の茶色の瞳が、寂しげだ。

「今ね、あなたの祖国と思われるイムル帝国に接触を図ろうとしているのだけれど、なにしろこちらと国交が無い国でしょう、なかなか難しくて――」

レイクが深く頭を下げる。

「お心遣い、感謝します。陛下と王妃様にこんなによくしていただいたご恩だけは、一生忘れません」

クリスティーナは胸が痛んだ。

「私もね――政略結婚が決まって、この国に嫁いで来た時には、ひとりぼっちで迷子の子猫みたいで、とても不安だったわ」

レイクが目をぱちぱちさせ、それから穏やかに微笑《ほほえ》んだ。

「でも、王妃様には陛下がついておいでです。誰よりも王妃様を大事に想《おも》い、支えてくれる――」

「え？　あの人が、ですって？」

今度はクリスティーナが目をしばたたいた。

「ぜんぜん、そんな人ではないわ」

レイクは静かに言葉を返した。

「それは、王妃様がお気づきにならないだけですよ」

「そうかしら――」

香り高い紅茶を一口すすり、クリスティーナは首を傾けた。

レイクだけではなく、周囲の者たちは皆誰もが、

「お似合いのご夫婦」「仲がおよろしくて」「夫唱婦随《ふしょうふずい》ですね」

などと褒《ほ》め称《たた》えるのだが、ただのお追従《ついしょう》にしか思えない。

もちろん人前では、できる限りオズワルドに対してにこやかに振る舞っているせいもあるのだろう。

考え込んでいるクリスティーナに、レイクが控え目に声をかけた。

「お裁縫の邪魔をしましたね、私は次の間に控えておりますので、どうぞ続きをなさってください。お急ぎにならないと、来年までに間に合いませんよ」

「え？」

クリスティーナは思わず赤面した。

「もう、レイクったら人が悪いわ」

クリスティーナが面映《おもは》ゆく笑うと、レイクは穏やかな笑みを浮かべつつ、次の間に退去した。

クリスティーナは、ソファのクッションの方をちらりと見た。クッションの下からちらりと縫い物の端が覗いている。

(やはりレイクは身分の高い出自ではないかしら。あの頭の良さや洞察力の鋭さは、並大抵ではないもの)

そう思いつつカップを置いて、ソファに移動しようとして、はっと人の気配に振り返った。

戸口にオズワルドがぬっと立っていた。政務用の礼服のマントだけ脱いだ服装だ。午前の政務を済ませ、そのままこちらへ来たらしい。

妙に強ばった表情だ。

「まあ、おいでなら声をかけてくだされぱいいのに」

クリスティーナはどぎまぎして、椅子に座り直す。

「声をかけようとしたが——君が、あまりに楽しそうに話しているのでね」

何のことを言っているのかわからず、ぽかんとした。

「え?」

「異国の男と笑い合っていた」

クリスティーナは目をぱちくりする。

「レイクのこと?　あの人とは普通に会話していただけよ」

オズワルドの綺麗な眉がかすかにしかめられる。

「侍従と気安く口をきくものではない」

「あの人は身元がわからないから、私が引き取っているのよ。もしかしたら、とても身分の高い人かもしれないわ」

「高いならなんだというのだ？　彼が気に入ったとでも？」

クリスティーナは戸惑う。なぜこんなにもオズワルドが不機嫌になっているのか、理解がいかなかった。

「どういう意味？　もちろん、レイクは誠実な人柄だと思うわ」

「もう彼の話はいい」

ずかずかとオズワルドが近づいてきた。

彼の目に光る妖しい炎に気がつき、クリスティーナは慌てて立ち上がった。

「君は私の妻だ、他の男に媚態を振りまくとは、不貞極まりない」

ただレイクと会話していただけなのに、こんな侮蔑するような言われ方はあんまりだ。

「ひどいわ——私はあなた以外の男性とは、口をきいてもいけないというわけ？」

「その通りだ」

怒りを通り越して、あきれ果ててしまう。

「そんなの、おかしいわ——異性と口を聞くだけで不貞を疑われるなんて、あなたが私を信頼していないということじゃないの」

オズワルドが一瞬頬を引き攣らせた。

「私を侮辱するのか？」

「そういう意味では……」

彼の手が腰を引きつけようとする。慌てて後ろに下がったが、すぐに壁際に追いつめられた。まるで獲物を狙う獅子《しし》のようなオズワルドの眼差《まなざ》しに、背中が震えた。

「なにをそんなに怒っているの？」

「公務以外で、他の男に笑顔など見せるな」

「――」

クリスティーナは彼の熱い視線に釘付《くぎづ》けになる。普段冷静な彼が、こんな風に獰猛になるなんて思いもしなかった。人が変わったようなオズワルドが、怖いと同時になぜか胸が高鳴ってしまう。

「ご、傲慢ね……」

顔を逸《そ》らせてつぶやいた。目を合わせていると、自分まで荒《あら》ぶる熱に煽《あお》られそうになるからだ。

「その通りだ――君がそうさせるんだ」

オズワルドの熱い息が首筋にかかると、怖気《おぞけ》で肌がざわめいた。

「また、私のせい？　名君ともてはやされているのに、ずいぶんと責任転嫁がお好きね」

憎まれ口も弱々しくなってしまう。

「そうさ、責任を取りたまえ」

オズワルドが手を握って、自分の股間に誘った。

「あっ……」

そこが熱く漲《みなぎ》っているのは、服地の上からでもはっきりわかった。

「や……」

手を引こうとすると、さらにぐっと引きつけられた。そして股間の手を固定したまま、オズワルドは耳朶の裏側に舌を這《は》わせてきた。

「ひ……やぁっ」

むず痒《がゆ》い疼きに、びくんと腰が浮く。

「耳は、やめて……弱いんだから……お願いだから」

クリスティーナは頬を上気させ、首を竦《すく》めた。

「知っている――耳だけで達《い》かせてやろうか？」

オズワルドが淫猥《いんわい》な低い声を、耳孔に吹き込んでくる。

「やめてったら……次の間に、レイクが……」

「かまわぬ」

ぬるつく舌が耳殻を這《は》い回り、ねっとり耳朶の周囲を舐《な》め回す。

「ん……ふ……ぅ」

ぞくぞくした疼きが下肢に走り、クリスティーナは声を漏らすまいと歯を食いしばる。ぴちゃぴちゃと耳孔を掻き回す卑猥な音が頭に響き渡り、恥ずかしさと興奮が一気に体温を上げていく。

オズワルドの片手がスカートの中に潜り込み、すべすべした太腿《ふともも》を撫《な》で上《あ》げ、ドロワーズの中心に触れてくる。

「くっ」

割れ目を軽くなぞられ、蜜口が戦慄《わなな》いた。

「ふ——もう下着の上からでも濡れている」

「や……言わないで……」

確かにあっという間に隘路《あいろ》が昂《たかぶ》り、淫らな蜜を溢れさせていた。彼の長い指が、ドロワーズの裂け目から滑り込み、花唇をぬるぬる辿《たど》る。ちゅくちゅくと淫蜜の弾ける恥ずべき音が響いて、耳を塞ぎたい。

「こんなにすぐに蜜を溢れさせ、欲しがるようになるとは——」

「やめて、ほ、欲しくなんか……ぁ、あ」

指が媚肉の奥へ潜り込み、さらにぐちゅぐちゅと掻き混ぜると、子宮の奥がつーんとしてくる。

「なにが欲しい？　言ってごらん」

耳孔を熱い舌が、蜜口を淫らな指が捏《こ》ねくり回《まわ》す。

「ふ、あ、な、なにも……いやぁ」

目をぎゅっと瞑《つぶ》り、オズワルドが解放してくれることを懸命に願う。ふいに、彼は淫孔から指を抜くと、それをいきなりクリスティーナの口の中に押し込んできた。

「ぐ……？」

「自分のはしたない蜜の味がするだろう？」

口腔《こうこう》に甘酸っぱい愛液の香りが広がり、羞恥で気が遠くなる。オズワルドはそのまま二本の指を揃えて、ゆるゆると口中をまさぐった。

「っ、う、ふ……う」

息苦しさにくぐもった声を漏らし、いやいやと首を振る。だが彼はその行為をやめず、口紅が滲《にじ》み溢れた唾液が顎を伝い、乱れた表情のクリスティーナを燃えるような瞳で凝視する。

「指を舐《な》めて――」

「ん、ぐ、ぅ……」

苦しくて涙目で言われるまま、彼の長い指に舌を這わせる。骨張った硬い指の感触に、なぜかひどく猥《みだ》りがましい気持ちが煽られる。

「そう、いいね――」

オズワルドは指をゆっくりと出し入れした。

「あ、ふぁ、ふ……んぅ」

なにか卑猥な行為を暗示させているような予感に、クリスティーナの全身が妖しく火照ってくる。股間に押し付けられている掌《てのひら》に、彼の欲望がどくんと大きく脈打つのが感じられ、媚肉が淫らにうねってしまう。

「そんないやらしい顔をして……我慢出来ない」

オズワルドが深いため息をつく。

おもむろに口から指が引き抜かれ、彼が一歩後ろに下がり、キュロットの前立てを寛がせる。

壁に背中をもたせかけ、クリスティーナは獰猛な屹立《きつりつ》が姿を現すのを息を呑んで見つめていた。

「おいで――ここに、跪《ひざまず》いて」

「っ……」

彼がなにを要求してくるか、本能的に理解した。

「や……無理……そんな……」

ぷるぷると首を振る。

するとオズワルドが獣じみた眼差しでこちらを見る。

「では、今すぐ君を抱く。めちゃくちゃに突き上げて、次の間どころが城中に響き渡るような声を出させてやろうか」

「や……めて……」

声が掠れる。すると、オズワルドが意地悪く口の端を持ち上げた。

「なら、舐めてくれ。君の口で、慰めて」

「う、う……」

クリスティーナは観念し、ふらふらと男の前に跪いた。すぐ目の前に、禍々《まがまが》しい怒張がぴくぴく震えている。こんな長大で太いものを咥えるなんて——。

だがいつもオズワルドが自分の媚肉を口で愛撫してくれる行為を思い出すと、下腹部が異様に疼いた。

おずおずと顔を寄せると、むうっと雄の欲望の香りが鼻腔《びこう》を満たし、それがざわざわと身体の奥に妖しい熱を溜《た》める。

「ん……」

そろりと舌を差し出し、笠の張った先端に触れてみる。亀頭の裂け目から透明な液が溢れ出て、わずかな塩味と生臭さが口中に広がる。自分がものすごく猥雑《わいざつ》な生き物と化したようで、恥辱と淫欲に頭がくらくらしてきた。

「そう、そのままゆっくり全体を舐め回して——」

「……ふ、んぅ……んっ」

言われるまま舌を這わせようとしたが、顔の動きに合わせて怒張が跳ねてしまいうまくできない。そっと両手で肉茎の根元を支えると、固定できた。

「あ、ふぁ、ん、ぁ……」

太い血管が浮き出た若棹を舌を押し付けようにして舐め降ろし、舐め上げる。何度かそれを繰り返すと、オズワルドの両手が下りてきて優しく髪を撫《な》でた。

「上手だ——今度は先端を咥えてみて」

「う、ふぅ……」

恐る恐る亀頭を括れまで口に含んでみた。

「いい子だ——括れをなぞってごらん」

「んぅ、ん、んん……」

先端の括れを何度もなぞり、ついでに雫《しずく》の噴き出す尿道口の割れ目の中にまで舌を押し入れた。すると、剛直が感じ入ったようにびくびくと跳ねた。

「んぅ」

先端を口に含みながらそっと見上げると、オズワルドの整った表情が色っぽく歪《ゆが》んでいる。いつもは余裕たっぷりで自分を攻めてくる彼の、そんなせつなげな表情に、胸が甘くきゅんと締めつけられた。

「あ、ふぁ、は、あ……」

オズワルドを感じさせていると思うと、躊躇《ためら》いは薄れ、徐々に大胆な舌使いになってくる。

亀頭の先から裏筋まで、一心不乱に舌を這わせた。

「っ――クリスティーナ」

オズワルドがくるおしげな声を漏らし、ふいに腰を突き上げた。

「ぐ、ふ、うぅっ」

咽喉奥まで剛直が押し込まれ、クリスティーナは窒息しそうな圧迫感に目を見開く。

「可愛いクリスティーナ――歯を立てないようにして、頭を振って」

男の両手が頭を抱え、逃さないとばかりに押さえつける。苦しくてたまらないのに、男の屹立と股間から漂う妖しい欲望の香りに、頭が酩酊したようにぼんやりしてくる。

「……んぅ、う、ふ、ぅぁ……」

必死で唇を開き、頭を前後に振る。

唾液と男の先走りで肉胴がぬるぬる滑り、口蓋を擦っていく感触にざわざわと子宮奥が蠢《うごめ》き、全身に焦れた疼《うず》きが走り抜ける。

「ああそうだ、上手だ――舌も使うんだ、先を吸い上げて……」

オズワルドが艶《なま》めかしく呻《うめ》く。

「くふぅ、う、むぅ……んんぅ、んっ」

男根の鈴口がひくつき、さらに大量の先走りが溢れ、嚥下《えんげ》出来ない唾液と混ざって、顔を振り立てるごとに口の端からたらたらと滴り落ちる。

ひどく淫猥な行為に耽《ふけ》っていると思うのに、身体中がとろ火に炙《あぶ》られるように昂っている。口腔で怒張がびくつくたび、なにか誇らしい気持ちすら湧いてくる。

「……ふぁ、あ、んうぅ、ふ、ふぅ……」

慣れない行為に顎がひどく疲れてだるくなってきた。が、それに耐えて、何度も肉胴をしゃぶり上げた。

「なんていやらしくて、そそるんだ——君のこんな顔を見られるのは、私だけだ」

顔に乱れかかる髪を撫で付け、オズワルドが恍惚《こうこつ》とした声を出す。彼の視線が痛いほど感じられ、淫らな表情を余すところなく見られていると思うと、くるおしいほど熱い欲求が下腹部を駆け回る。綻んだ淫唇から、ひっきりなしに愛蜜が噴き出し、股間をぐっしょり濡らしているのをありありと感じる。

「ん、あ、ちゅ……ちゅぱ……は、はぁ……ちゅ……」

時おり先端まで吐き出し、括れをなぞることで顎を休めることを覚え、再び深く吸い付くと、粘膜と唇が擦れていやらしい音が立つ。

「ああ、クリスティーナ——終わってしまう——もう、いい」

オズワルドがぶるっと腰を震わせ、両手で彼女の顔を引き離そうとした。

「んっ、ふ、んぅううっ」

クリスティーナは唇に力を込め、先端を強く吸い上げた。

ここまでしたからには、終わりまで全うしたかった。

それに、いつも身体の奥底で感じる男の断末魔がどういうものか知りたいという、妖しい好奇心もあった。

「あ――」

オズワルドが小さく呻いた。

「いけない――クリスティーナ……っ」

彼の腰が小刻みに震えた。口腔でぐんと肉胴が膨れ、息が詰まる。

「く、ふ、ふぅ、んん、は……」

必死に頭を振り立てて、吸い上げた。

「っ――」

ふいにオズワルドがクリスティーナのこめかみを両手で包み込み、自ら腰を前後に振って激しい律動を繰り返した。

「う、うぁう、ううぅ……っ」

咽喉《のど》奥《おく》まで塞がれ、窒息寸前でクリスティーナはがくがくと頭を振る。

刹那、咽喉奥で怒張がぶるっと震え、熱く滾《たぎ》った白濁が大量に注ぎ込まれた。

「んんぅ、ん、ごく……ん、んんぅ……」

青臭い刺激臭が鼻腔を抜ける。

苦々しく粘つく男の精を、クリスティーナは必死で嚥下した。決して味よいものではなかったが、オズワルドを頂点に追いやったという誇らしい興奮で、すべてを飲み下してしまう。

「はぁ――」

ことごとく精を放ったオズワルドが、ため息をついて萎えた陰茎を引き摺り出した。

「ん、んん……」

クリスティーナの口の端から、呑《の》み込《こ》みきれなかった白濁がとろりと溢《あふ》れて顎まで伝う。

「そこまでするなんて――」

彼が感に堪えたように声を震わし、膝を突くと自分のハンカチで口の周りを拭おうとした。

自分の乱れた顔を見られたくなくて、クリスティーナは慌てて顔を背ける。すると、オズワルドが強引に顔を掴んでこちらを向かせた。

「綺麗に拭いてやるから、大人しくしろ。ひどい有様じゃあないか」

ごしごしと無造作に口を拭われ、クリスティーナは顔をしかめる。

「ひどい有様にしたのは、あなたじゃない。こんな、恥ずかしい行為を強要して……」

誉めてもらえると思っていたのに、あまりの言い方だと思う。

「それは――最後までしろとは言っていない」

オズワルドがわずかに目尻を赤くし、ハンカチを握りしめる。仕掛けてきたのは彼なのに、自分勝手な言い分だ。クリスティーナは今までの高揚した気持ちに、水をかけられたようになる。

「ひどい、娼婦《しょうふ》みたいなことをさせておいて、私が望んだみたいに言うなんて」

「そんなつもりはない――嫌なら嫌と言えばいい」

「な――妻としての務めだと思ったから……」

「義務感であああいう行為をして欲しくはない」

「なに？　わ、私が悦《よろこ》んでいたとでも？」

内心、途中から自分もひどく興奮して昂ってしまったとは、到底口にできなかった。頬を紅潮させ、まだ濡れ光る唇を震わせて言い募ると、オズワルドが目を見開き、今まで見たことの無い表情をした。

「君は――私をおかしくしたいのか？」

「え？」

彼の言葉の意味が理解できない。

オズワルドは追いつめられたような狂気に捕われたような瞳で、穴が空きそうなほどこちらの顔を覗き込んできた。

「君は私をおかしくさせる――なぜそんな目で見る？　私を煽るのか？」

クリスティーナは言葉の意味が分からず、うろたえる。そんな目もなにも、彼をどうしようという意図などまったく無いのに。

「君は悪魔か？　天使か？　そら、また滾ってきてしまったではないか」

オズワルドが怒ったような声を出す。自分のなにが彼を苛立《いらだ》たせているのか、わからない。

「あの……オズワルド」

相手を落ち着かせようとそっと頬に触れると、びくりとオズワルドが身体を竦めた。

「ほら、こういうことだ——君は無意識に——」

ふいにオズワルドがクリスティーナの腕を掴み、立ち上がり様に引き起こした。

「あ……」

そのまま丸テーブルに腹這《はらば》いに押しつけられる。スカートを乱暴に巻き上げられ、ドロワーズを素早く引き下ろされた。

尻をオズワルドに突き出す格好にされ、クリスティーナは狼狽《ろうばい》した。

「や、だめ……っ」

だがオズワルドは性急にのしかかってくる。

「やめて、こんな獣みたいに……っ」

逃れようにも背中を押さえつけられ、身動きできない。荒々しく両足を開かされ、綻んだ秘裂に屹立した先端が押し当てられる。その瞬間、じんと蜜口の奥が疼き、飢えた隘路がざわめいた。

「そう言いながら、君もすっかり濡れている――」

ぐぐっと太い剛直が貫いてきた。

「あっ、あ、ああっっ」

あまりの衝撃に、クリスティーナは両足を突っ張り、全身をびくびくと震わせた。

「っ――やはり、君の中は、素晴らしいな」

オズワルドは低く呻き、ぐりぐりと内壁を擦り立てながら最奥まで突き入れた。

「ん、あ、大きい……あ、だめ、あ、あぁぁ……」

「そんなに声を上げると、次の間のレイクに聞こえてしまうぞ」

オズワルドが意地悪く言いおき、彼女の細腰を抱えてねっとりと抽送を始める。

「く……ふ、ぅ、ぅう……」

クリスティーナは拳で口元を押さえ、必死に声を噛《か》み殺した。だが次第に激しくなる男の腰の動きに、艶《なま》めかしい声が抑えきれない。

「や、め……お願い、優しくして……でないと……」

肩越しに涙目で振り返って懇願すると、オズワルドの目がすうっと眇められる。

「君のそういうしおらしい表情が、そそるんだ――もっともっと乱したくなる」

そう言うや否や、オズワルドは丸い尻肉を掴んで、渾身《こんしん》の力を込めて腰を打ち付け始める。

「きゃ……あぁ、あ、だめ、ああぁっ」

熟れた媚肉を激しく押し開き、疼く膣襞《ちつひだ》を擦りながら引《ひ》き摺《ず》り出《だ》されると、煌《きら》めく快感で脳芯まで白く染まってしまう。

「はぁ、は、あぁ、強過ぎる……あぁ、ああぅ……」

男のがむしゃらな律動に合わせ、クリスティーナの全身が淫らに波打ち、頑丈な大理石のテーブルがみしみしと軋《きし》む。これ以上はしたない嬌声《きょうせい》を上げたくないと、クリスティーナは拳に歯を立てて耐えようとした。

「う……ふぅ、ぐ、ふぅうう、う……」

あまりに強く噛《か》んでしまい、白い手の甲にうっすらと血が滲んできた。

「ふ──そうやって声を上げまいと耐える君の表情は、ぞくぞくするほど扇情的だ──壊したくなるね」

壮絶なほど艶《つや》っぽい声でささやかれ、肌が総毛立つ。男の長い指が、後ろから股間を弄《いじ》り、ひりつく秘玉に触れてくる。

「ひ……そこは、だめ……あぁ、触《さわ》っちゃ……っ」

鋭敏な官能の塊をぬるぬると擦られ、爪先だってびくびくと腰が震えた。じゅわぁっと大量の愛潮が噴き出し、ぽたぽたと床に滴った。

「潮を噴いた──君の身体はすばらしい──私の思う通りに反応する」

「ぐ……ふぁ、は、あ、ぁ、どうして……いつも、こんなに意地悪、するの……？　ひどい、あぁ、ひどいわ……っ」

クリスティーナは男の激しい律動に、途切れ途切れの声で訴える。

「意地悪か？　意地悪が好きだろう？」

オズワルドは背後から獣のようにのしかかり、熱い息を耳朶《じだ》に吹きかける。

「ふ、ふぁ、み、耳……も、やぁ……」

どうしようもない愉悦に身を灼かれ、クリスティーナは甘く啜《すす》り泣《な》く。

「嫌い……よ、こんなふうにするあなたなんて……きら、い……っ」

厳しい声を出そうとするのに、揺さぶられるたびに意識が悦楽に溺れ、おもねるような響きになってしまう。

「私は嫌いでも、こうされるのは、好きだろう？」

オズワルドは最奥に捻《ひね》り込むように、腰をずちゅぬちゅと押し回した。

「ひぁ、う、んぅ、んんんぅっ」

感じやすい部分を抉り込まれ、返事に代わりにきつく男の肉胴を締めつけてしまい、さらに貪欲に悦楽を得ようとする。

「……っ、こ、こんな……破廉恥だわ……あなたってほんとう……にっ」

息も絶え絶えになりながらも、なお言い募ろうとする。オズワルドが荒々しく腰を穿《うが》ち、彼女の言葉を半ばで途切れさせてしまう。

「ふ――破廉恥な私に乱されて悦んでいる君も、破廉恥だろう」

色っぽい声とともに耳朶を甘噛みされ、ぶるっと背中が震えた。

「ふ、ぁ、あ、ひどいひどい……あぁ、あ、ぁ、ああ、あ」

クリスティーンは全身を戦慄《わなな》かせ、淫らに達してしまった。

びくんびくんと膣奥が収斂《しゅうれん》し、きゅうきゅう屹立を締め上げてしまう。

「――破廉恥で可愛らしい、私の王妃……」

震えるクリスティーナの身体を押さえ込み、オズワルドはさらに蜜壷をぐちゅぐちゅと掻《か》き回《まわ》してくる。一度精を放っているためか、彼の責めは容赦なく続く。

「っ、あ、だめ、そんなに、深く……っ、あ、当たる……ぅ、あ、ぁぁ」

子宮口を何度も突き上げられ、気の遠くなるような喜悦にクリスティーナは嬌声を抑えることを忘れてしまう。

「いいぞ、もっと鳴け――君があられもなく乱れる様を、もっと見せてくれ」

潮と愛蜜でぬるぬるになった肉棒が、ごりごりと媚壁を削っていく。

「んんぅ、んぅ、ん、達《い》く、あ、また……あぁ、また……ぁぁ」

絶頂に飛ぶ間隔がどんどん短くなり、熱い喘ぎ声とともに口の端からだらしなく唾液が滴るのを、止めることができない。

「も、やめ……お願い……も、死にそう……おかしく……あぁ、ほんとうに……っ」

自我が崩壊しそうな愉悦に、クリスティーナは咽《む》び泣《な》く。

「いい声だ、ぞくっとする——君は、私をどこまでだめにするつもりだ？」

まるで責めるような言い方に、総身をのたうたせて喘《あえ》いでいたクリスティーナは、朦朧《もうろう》とした頭で必死に反駁《はんばく》する。

「そ……んな……私は……そんなつもりは……っ」

「愛らしい顔、しなやかな身体、滑らかな白い肌、そして吸い付くような女陰——なにもかも男を惑わす——」

オズワルドが熱に浮かされたようにつぶやく。邪悪なもののように言われているのに、なぜだか心臓が締めつけられように甘く疼き、身体の芯まで蕩《とろ》けてしまう。

「ひ、どい……そんな……あぁ、あぁっ、あ、あぁ……」

いつの間にか腰が勝手に、男の律動に合わせて前後に揺れている。そうすると、ますます結合が深まり、もはやクリスティーナは最後の絶頂に向かって上り詰めることだけしか、考えられなかった。

「ふ、あぁ、オズワルド、私、もう、もう……っ」

頭を振り立て、耳朶を舐《ねぶ》っていたオズワルドの舌に自らむしゃぶりついた。

苦痛を感じるほどの快感から、もはや解放してほしい一心だった。

「んっ——クリス——」

オズワルドも切羽詰まった息を吐き、深いキスに応じてくる。舌を絡ませながら、腰をがつがつと打ち付けてきた。灼《や》け付く熱い法悦の波が、どっと押し寄せた。

「く、ふぅ、あ、あぁ、達く、あぁ、だめ、も、あぁあぁ、あぁっ」

クリスティーナは背中を仰《の》け反《ぞ》らし、びくびくと戦慄《わなな》いた。絶頂を極める淫らな嬌声が部屋に響き渡る。

「──クリスティーナ……っ」

大きく腰を震わせ、オズワルドも二度目の精を放った。

ぶるんと肉胴が跳ね、熱い白濁が蜜壷の中に満ちていった。

「は、はぁ……あ、ぁ」

媚襞が細かく収斂を繰り返し、男の欲望のすべてを受け入れていく。

「……ティナ──」

オズワルドは掠《かす》れた声を出し、痙攣《けいれん》しているクリスティーナの身体を背後からぎゅっと抱きしめ、細いうなじを強く吸い上げる。

「っ……ぅ」

その痛みにすらはしたなく感じてしまい、冷たいテーブルに頬を押し付け息を喘がせた。

「……はぁ、は……ぁ……」

悦楽で霞んでいた意識が徐々に戻ると、いつの間にか絶叫していたことに気がつき、クリスティーナは遅まきながら羞恥で耳朶まで真っ赤に染める。

「……や、あ……ぜったい隣室のレイクに聞こえたわ……もう恥ずかしくて、彼の顔を見られない」

まだ彼女にのしかかったまま呼吸を整えていたオズワルドが、我が意を得たりとばかりに答える。

「それは好都合だ。君が他の男性に色目を使うところなぞ、見たくもないからな」

「い、色目だなんて……私は一度もそんなことした覚えはないわっ」

「ほんとうに、君は鈍感だ——その気がなくとも、君に微笑まれればどんな男だって、誤解するに決まっているだろう」

「鈍感……って……ひどい」

馬鹿にされてるのか誉《ほ》められているのか、わからない。

ふいに、クリスティーナは思い当たった。

（もしかして……オズワルドはレイクに嫉妬したの？）

ちらりと彼に顔を向けると、まだ欲望の火を宿したままの青い瞳がまっすぐこちらを見ていた。

「っ……」

淫らに達した直後の顔をまじまじ見られる恥ずかしさに、思わずうつむいた。すると顎をつかまれて、視線を引き戻された。

「いいかい、私と君は形はどうあれ、神の前で夫婦の誓いを立てたんだ。それは互いの操《みさお》を守る、ということだ」

まるで、クリスティーナが不貞行為でもはたらいたかのような言い方だ。

「もちろんわかっています。私は生涯、あなただけよ」

憤然として答えると、オズワルドがぱっと顔を赤らめた。

「っ――そ、そうか、わかっているなら、いい」

クリスティーナは、苦々しそうに言う彼の顔をじっと見た。

（珍しいわ。オズワルドが動揺するなんて。そうか――私が逆らうようなことを言うと、かさにかかって言い負かそうとするのね。意外に少年っぽい人なのかもしれない）

クリスティーナの中に、いつも自分に対して傍若無人に振る舞う彼に対して、ちょっとした悪戯心《いたずらごころ》が湧いた。

「生涯、あなただけしか見ない。あなただけが私の夫。この身体も、髪の一本一本に至るまで、私はあなたのものよ。決して、他の男性に心を奪われることなどないわ」

真摯な眼差しでよどみなく言ってのけた。

オズワルドが息を詰め、熱っぽい眼差しで凝視する。

「クリスティーナ――君は……わ、私も――」

「こう言えば、ご満足かしら？」

にこりと微笑むと、彼が悔しげに唇を噛んだ。

「く――私をからかったのか？」

「さあ、どうかしら？」

とびきり上等の笑顔を浮かべてみせる。

オズワルドは体勢を立て直すように咳払《せきばら》いした。

「わかった。君は未来永劫私のものだと誓ったのだ。だったら、私がいついかなる時でも、君を欲しくなったら素直に応じるんだな」

再び身体を繋げてこようとする気配を察知し、クリスティーナは呆然《ぼうぜん》として彼の腕から逃れようと身を捩《よじ》った。

「あ、待って……もう、無理……」

「無駄な抵抗だ」

まだ男の精でぬるついている蜜口に、硬化した欲望が押し当てられる。

「いやぁ、もう……っ。こんな無体をはたらいてばかりいると、嫌いになるわよ。妃の座から降りるから」

「生憎《あいにく》だな。アルランド国の王室規範には、廃妃という項目はない。したがって、君はどうあがいても、命ある限り私の妻でいるしかないのだ」

おもむろに剛直が侵入してくる。

「ひ……う、あ、もう……っ」

強引に身体に火を着けられ、クリスティーナは息を弾ませる。

オズワルドの言葉は、王としての支配欲だけかもしれない。

だが、

「未来永劫君は私のものだ」

と言われたとき、心臓がばくばく跳ね上がった。締めつけられるような切なさに、胸がいっぱいになった。

それは決して不快なものではなかった。

でも、この気持ちをどう形にしていいのか、クリスティーナにはわからなかった。


結婚式から半年ほど経《た》った。

季節は春から初夏に移ろうとしている。四季がはっきりしているアルランド国では、雨期が近づいてきていた。

雲がたれ込めて、今にも降り出しそうなその日、祖国イムルにいる従姉《いとこ》から、クリスティーナの好物のエルベチーズが届いた。これは、山羊《やぎ》の初乳《しょにゅう》（出産後一週間くらいまでの乳）だけで作られる貴重なチーズだ。コクと甘味《あまみ》の強い口当たりの良い山羊のチーズは、農業国のアルランドではほとんど手に入らない。

アルランドの食べ物はどれも美味だったが、やはり慣れ親しんだ祖国の味が恋しくて、クリスティーナはわざわざ従姉に頼んで送ってもらったのだ。

「まあ、懐かしい！」

レイクが運んできたチーズの包みをほどきながら、クリスティーナは声を弾ませた。

濃厚なチーズの香りが部屋に広がると、隅で待機していたレイクがかすかに鼻を鳴らした。

「よい香りですね――エルベチーズですか？」

クリスティーナは驚いたように彼を見た。

「そうよ、匂いだけでよくわかったわね。あなた、やっぱりガザムの出ではないかしら？」

このチーズを産出するのは、大陸ではイムル国とガザム帝国だけだ。

「かもしれません――が」

レイクが何かを思い出そうとするように、頭を振った。

クリスティーナはチーズを包み直すと、レイクに声をかけた。

「これ、オズワルドにぜひ味見してもらいたいわ。ちょうどお茶の時間だし、持っていってあげましょう」

レイクが恭しく両手を差し出す。

「では私がお届けに――」

「ううん、私が直《じか》に持っていくわ」

故国の好物を手に入れ、気持ちが浮き立っていた。レイクがにこやかに頭を下げる。

「それがよろしゅうございますよ」

クリスティーナは小さなバスケットにチーズを収め、レイクを護衛に従え、政務室の次の間にある休憩室へ向かった。普段午後の政務の合間に、オズワルドはそこで軽食を摂ったり仮眠をしたりするのだ。

王族専用の裏手の廻廊《かいろう》を抜けて行くと、休憩室のドアの前に立っている護衛兵はクリスティーナの姿を見るや否や、頭を深く下げ無言で扉を開けてくれた。

「オズワルド、お休みかしら？」

声をかけて部屋に入ると、衝立《ついたて》の向こうからオズワルドが返事をした。

「クリスティーナか？　入るがいい。今着替えをしているところだ」

「はい」

何気なく衝立の中を覗《のぞ》き込《こ》んだクリスティーナは、はっと息を呑んだ。

ちょうどオズワルドは、上半身を諸肌《もろはだ》脱いでいるところだった。

引き締まった筋肉質の美しい身体。

その彼に寄り添うようにして、真新しいシャツを着せかけている侍女の姿――。

その侍女は最近雇われたばかりのようで、見知らぬ顔であった。

チョコレート色の艶やかな肌に燃えるような黒髪、ぱっちりしたはしばみ色の瞳。上背があり、手足がすんなり長い。ぞくりとするほど妖艶な美人だ。

その美しい侍女が、オズワルドの素肌に手をかけて着替えを手伝っている。

「――」

クリスティーナの胸になにか苦いものが込み上げてくる。腹立たしいような苛立《いらだ》つような、黒い感情だった。

「どうした？　君がわざわざ足を運んでくれるとは――」

オズワルドが喜ばしげに微笑んだ。

その笑顔すら、今まで侍女に向けられていたのかもしれないと思うと、心臓にきりきり食い込む。

「祖国《くに》から珍味が届いたので、お届けに上がりました」

声が強ばり、他人行儀な口調になってしまう。

「ほお、それはありがたいな。では一緒に――」

「いえ、私はただ、お持ちしただけですから。あとで召し上がってください」

クリスティーナは無愛想に側《そば》のテーブルにバスケットを置くと、そのままくるりと背中を向けた。

「クリスティーナ？」

背後で呼ぶ声が聞こえたが、そのままどんどん廻廊を歩いていってしまった。

「――王妃様？」

あわてて後に従ったレイクが、控え目に声をかけてきたが耳に入らない。

廻廊の途中で、自分が息を詰めたままなのにやっと気がつき、円柱に手をかけ深呼吸を繰り返す。まだ胸がちくちくと疼いている。

（なに？　なんなの、このもやもやした気持ち？）

クリスティーナは混乱していた。

苦い怒りが込み上げていたが、それがオズワルドに対するものなのか、侍女に対するものなのかもわからない。

「いかがなされましたか、王妃様？」

側にレイクがひっそりと佇《たたず》んでいる。クリスティーナは首を振った。

「なんでも――なんでも、ないの」

彼は気遣わしげな表情になったが、よけいな口出しは控えていた。

クリスティーナは部屋に戻り、心を落ち着けようとやりかけの縫い物を始めた。

だが苛立ちは収まらず、何度も針先で指を刺してしまう。

「クリスティーナ」

ふいにノックも無く、オズワルドが現れた。

レイクが急いで礼をするのにかまいもせず、彼はまっすぐこちらへ来る。

クリスティーナは慌てて縫いかけのものをテーブルの下に押し込め、側の本を手に取り読むふりをした。

「先ほどの態度は、なんだ？」

オズワルドの声は不機嫌そのものだ。

クリスティーナは努めて平静な声を出そうとした。

「あら、なんのことかしら」

「さっさと帰ってしまったではないか」

「お取り込み中、でしたので」

「着替えていただけだろう」

クリスティーナは思わず口を滑らした。

「新しい侍女が――」

「ん？　彼女がどうかしたか？」

「あ、いいえ、なんでもありません」

自分は王妃なのだから、些末《さまつ》な事など気にしてはいけない、と、必死に自分に言い聞かす。

「なんなのだ？　あんな匂う食べ物を私に置いていったりして、嫌がらせか？」

クリスティーナはキッと振り返った。

「に、匂う、なんて……！」

オズワルドは困惑した顔になった。

「いや——けっこう臭《くさ》いチーズだったので——その、どうも私は山羊のチーズは苦手でな——」

「っ……」

ふいに目頭が熱くなり、ぽろりと涙が溢れた。

オズワルドが目を丸くした。

「クリス——」

「ひ、どい……」

自分の大好物を、オズワルドと分け合って食べようと思ったのに。

彼は美人の侍女に脂下《やにさ》がり、せっかくのチーズを臭いなど言う。

悔しくて悲しくて、涙が止まらない。泣き顔を見られるのも口惜しく、両手で顔を覆った。

「どうしたというのだ？　君が泣く理由がわからぬ」

オズワルドが困り果てた声を出した。

「——恐れながら陛下。王妃様は、お国の好物を、わざわざ陛下に御召し上がりになってもらおうと、お取り寄せになったのですよ」

部屋の隅に控えていたレイクが、静かだが思《おも》い遣《や》る声で言った。

「なに——？」

オズワルドがはっとしたようだ。

彼はレイクになにか小声で合図した。するとレイクはさっと部屋から出て行った。

二人きりになると、オズワルドはそっとクリスティーナの手首を掴み、顔から外した。

「それは——すまなかったな」

優しい声で言われ、ふいにべそなどかいたことが恥ずかしくなる。

「君が私に気を遣ってくれるなんて、意外だがとても嬉《うれ》しいよ」

素直にそう言われると、意地を張ることなどできなかった。

「……私……」

オズワルドは椅子を引いて、クリスティーナの側に腰を下ろした。

「それに、あの侍女だが——彼女は国境での異民族の争いに巻き込まれ、両親を失ってこの国に流れてきたのだそうだ。気の毒な身の上なので、私が雇い入れたのだよ。理由は、それだけだ」

クリスティーナは唇を噛んだ。自分がひどく心の狭い人間に思えた。

オズワルドが続ける。

「君が——遭難して記憶を失ったレイクの面倒を快くみてやったろう？　私も、気の毒な民の力に少しでもなれれば、と思ったんだ」

クリスティーナはまだ涙で濡《ぬ》れた目を上げる。

「私の？」

視線が絡むと、オズワルドがうなずいた。

「よい行いは、誰のものであろうと手本にするべきだろう？」

どうも遠回しに誉められたようで、クリスティーナは心が解《ほぐ》れていくのを感じた。

「そうだったのね……」

そこへレイクが銀の盆を掲げて入ってきた。

「王妃様、ちょうどよろしいので、ここで陛下とお茶になさいませ」

彼がテーブルへ盆を置いた。

そこには、綺麗に切り分けたエルベチーズと焼きたてのパンが載っていた。

「あ、これ——」

もの問いたげにレイクを見ると、彼は恭しく答えた。

「陛下が用意するように申し付けたのです。お二人でごゆるりとお過ごし下さい」

「えっ、オズワルドが？」

彼を振り返ると、相手は気まずさをごまかすように咳払いした。

「うむ。王たるもの、何ごとにも偏見を持たず、新しい懸案《けんあん》に挑む姿勢が大事だからな」

その大仰な言い方に、クリスティーナは噴き出しそうになった。だが、彼が自分を気遣ってくれたのだと感じ、胸の中がじわりと熱くなった。

ティーポットとカップを並べ終えたレイクが部屋を立ち去ろうとすると、クリスティーナが声をかけた。

「待ってレイク——これを」

彼女はとりわけ皿にチーズの一片を載せ、レイクに差し出した。

「懐かしい味でしょう？　これを食べたら、少しでもなにか思い出せるかもしれないわ」

レイクは感謝の面持ちで皿を受け取る。

「ありがとうございます。頂きます」

レイクが去ると、オズワルドが居ずまいを正した。

「さて、頂くとするか」

クリスティーナはいそいそとチーズを取り分けて、彼にすすめた。

「どうぞ召し上がって。パンに挟んでいただくと、食べやすいわ」

オズワルドは、小皿に恐る恐るという態で鼻を近づける。

「しかし、この匂いは凄《すさ》まじい破壊力だ——これは人の食するものか？」

クリスティーナは平然とチーズを大きく切り取ると、ぱくりと頬張った。

「ああ……ほっぺたが落ちそう！」

口いっぱいに広がる懐かしい味に、満面の笑みになった。

その様子を目を丸くして見ていたオズワルドは、仕方なさそうに小さく切り取ったチーズを躊躇《ためら》いがちに口に入れた。

「いかが？」

クリスティーナは顔を近づけて、オズワルドの反応を窺《うかが》う。

「む――」

息を詰めて咀嚼《そしやく》していたオズワルドは、ごくんと嚥下してから、素早く紅茶を飲み干した。

「――悪く、ない」

その強ばった顔つきに、ついにクリスティーナはぷっと噴き出した。

「ふふ、悪くないでしょう？　この匂いが病み付きになるのよ。初めは苦手だと思っても、味わっているうちにその美味《おい》しさがわかってくるの。私もね、この国に来た当初、出された野菜のオリーブ油漬けには鼻をつまんで押しやったものよ」

オズワルドが目をしばたたいた。

「あんな美味なものを――でも君は、食卓に出すなとは命じなかったじゃないか」

「それは、あなたがとても美味しそうに召し上がっていたからだわ。あなたの好物なら、私もきっと好きにならなくてはいけないと思ったの」

オズワルドがかすかに眉をしかめた。

「そんな――君に無理をさせていたのか？」

クリスティーナは首を振った。

「いいえ、今ではとても美味しいと思うわ。ね、オズワルド、あなたも今にこのチーズが大好物になるわよ」

オズワルドが苦笑いした。

「そうだといいが——でも」

彼の表情が真顔になる。

「君は私の伴侶にふさわしい女性だと、私は今さらながらに確信した」

「え？」

唐突に褒められ、クリスティーナはきょとんとする。

「君は、容姿が美しいだけではない。思い遣りが深く、偏見を持たず、何ごとにも前向きで感受性が豊かだ。王妃として、君ほどの人はいないと思う」

心臓がばくばくいい、顔が火照ってくる。

「やだ、なに急に持ち上げたりして——調子が狂うわ」

オズワルドが大きな手で優しく頬を撫でてくる。

「お世辞ではない」

「っ——」

身体まで熱くなってくる。いつもは褒めるようなことを口にしても、最後には皮肉で落とし込むいつものオズワルドと違う、と感じる。軽口でいなすには、あまりに彼の視線が真摯だ。

「あ、ありがとう……」

ぎこちなく言葉を返し、それから思い切って付け加えた。

「あ、あなたも――素敵よ……基本的には」

最後のひと言はよけいだったと、内心で後悔する。

「それは、こちらこそありがとう――少なくとも、君に全面的に嫌われてはいないと知って、安心したよ」

「き、嫌うなんて……そんな」

どぎまぎして答えると、頬を撫でていた手がゆっくり首筋から鎖骨、真っ白なデコルテへと下りてくる。

「では、好きだということかな？」

いつもの彼の口調に戻っている。

男の指先が胸の膨らみへ触れてきたのを感じ、クリスティーナははっと正気に戻った。

「ちょっと……どさくさにまぎれて、はしたないことをしないでくれる？」

男の顔が近づいてくる。

「私もいつか、オリーブ油漬けのようになれるといいのだが」

「え？　なにを言って……ん、んんっ」

しっとりと唇を塞がれる。

エルベチーズの味がした。その濃厚な香りと熱い舌の動きに、頭が酩酊《めいてい》しそうだ。

「ふ、ふぅ……んぅ、ん……」

強く舌を貪られているうちに、自分の方から熱く彼の舌を求めていた。

「……は、ふ……んんぅ、ん」

しばらく官能的なキスに耽った後、オズワルドがそっと唇を離し、熱っぽい声で言う。

「なるほど――同じものを食べるといいのだな」

「え？」

「君がこのチーズを食べる時には、私も必ず食するとしよう。そうすれば、匂いも気にならない」

「っ――やっぱり美味しくなかったのね！」

憤然とする彼女に、オズワルドが婉然《えんぜん》と微笑む。

「いや、これからうんと美味になるはずだ、君の言葉通りなら」

再び激しく唇を奪われ、クリスティーナは官能の波に呑《の》まれていく。口づけを繰り返しながら、男の手が乳房をまさぐると、じわっと下腹部が疼く。

「ん、はぁ、オ、オズワルド……」

唾液で濡れた赤い唇を半ば開いたまま、潤んだ瞳でオズワルドを見つめる。

「そんな目で見たら、止まらなくなるだろう、クリスティーナ」

オズワルドが掠れた色っぽい声でささやく。

彼が立ち上がって手を取り、クリスティーナを側のソファに誘った。柔らかく熱した身体をソファに仰向《あおむ》けにされ、ドレスの上衣とコルセットの紐《ひも》を解かれ、上半身が剥《む》き出《だ》しになった。

すでに乳房の先端のいたいけな赤い蕾《つぼみ》がつんと尖《とが》ってしまっているのを、隠しようもない。

「すっかり感じやすくなって――」

オズワルドが乳首をちゅっと甘く吸い上げる。

「は、あ、あなたが、こんなにしたんだわ……」

乳首を転がしてくる舌の動きに、全身が敏感に反応し、疼きが全身を駆け巡る。脳芯がすでに蕩けて、思わず男の首に両手を回し、強く抱きしめていた。

いつも以上に感じやすくなっていた。

オズワルドの真意の一端を垣間見《かいまみ》たせいだろうか。

まるで愛の告白のように褒められたせいだろうか。

(愛……ですって？　まさか……？)

ぞわっと身体中に燃え立つような気がした。あっという間に太腿《ふともも》の狭間《はざま》がぬるぬると潤ってくる。

「でも――身体は嫌がっていない、そうだろう？」

オズワルドが息を弾ませながらスカートを捲《めく》り上げ、股間をまさぐってくる。ドロワーズ越しにもそこがぐっしょりと濡れそぼっているのを隠し仰せるはずもない。オズワルドが、我が意を得たりとばかりに、指を潜り込ませてくる。

「はぁっ、あっ……あああっ」

長い指がぬるりと蜜口の中に押し入った瞬間、軽く達してしまう。

「もう達ってしまった？　今日はずいぶんと早いな」

オズワルドが満足そうにため息をつき、ぐちゅぐちゅと熟れた膣腔を弄んだ。

「や、あ、だめ……あぁっ、そんな……」

迫り上る快感に、男の重みの下で身悶《みもだ》えた。

「可愛いね——素直な身体だ——君の身体はとても素直で、とても好ましい。どうやって苛《いじ》めてやろうか、いつもわくわくしている」

クリスティーナの興奮が伝染したように、オズワルドの声が妖しい響きを帯びる。

「ど……ぅせ、可愛いのは、身体、だけでしょう？」

最後の虚勢も、ひりつく乳首を甘噛みされると煌《きら》めく愉悦で霧散してしまう。

「ふ——どうかな？　そういう生意気な性格も、手ごたえがあるというものだ」

オズワルドの被虐めいた言い方に、全身が粟立《あわだ》ち淫らな予感に身体が震えた。

ドロワーズを引き下ろしたオズワルドは、クリスティーナのすらりとした両足をM字型に曲げて押し開いた。ぱっくり秘裂が割れて、とろりとはしたない蜜が溢れてくる。

「きゃ、や、こんな格好、恥ずかしい……」

「もっと恥ずかしくしてあげよう」

オズワルドはソファの側の窓際のカーテンタッセルを外し、彼女の太腿と脹ら脛《ふくらはぎ》を括《くく》り、膝を折り曲げたまま固定した。そして頭の上で一纏《ひとまと》めにした手首を、首元のクラヴァットを解いてそれで縛ってしまった。

もはやがんじがらめだ。

「や、解いて、やあっ……」

秘部を露出したままの屈辱的なポーズにさせられ、恥ずかしさに目眩《めまい》がしてくる。

「口ほど嫌がっていないな――花びらが物欲しげにひくひく誘っているぞ」

「うぅ、そんなこと言わないで……あ？　うあぁっ」

くちゅりと男の指が秘唇を押し開いた。恥辱と異様な興奮に、内腿《うちもも》が震え胸が甘く締めつけられる。

しなやかな指が秘玉の包皮を剥《む》き、鋭敏な花芯を剥き出しにした。

「あ、だめ、そこっ……」

彼の息づかいを股間に感じ、くねくねと身を捩って儚《はかな》い抵抗を試みた。しかし、オズワルドは容赦なく赤い真珠粒に唇を押し付けた。

「ひ、はぁあっっ、きゃあぁぁぁっ」

すでに軽く達していた肉体は、敏感な秘玉に淫猥《いんわい》な音を立ててむしゃぶりつかれた瞬間、鋭く絶頂を極めてしまう。

「んんぅ、ん、だめ、あぁ、だめ、舐めないで、だめぇっ」

びくびくと腰を浮かせて身悶える。

身体を拘束された分、全身を駆け巡る快感が内に籠り、気がくるいそうなほど感じ入ってしまう。

オズワルドは、舌先を小刻みに蠢かせ、時に強く吸い上げ、容赦なく秘玉を責め立ててくる。

「うぁ、あ、だめ、あぁ、また達《い》く……あぁまた、達ったの、もうだめだからぁ……っ」

ソファを軋ませて、クリスティーナは全身を波打たせ、際限なく達してしまう。

昇り詰めるたびに、ひくつく媚腔からぴゅっと愛潮が噴き出し、男の顔も自分の股間も、ソファのカバーまでぐっしょりと濡らしてしまう。

「やぁ、し、死んじゃう……痺《しび》れて、あ、あぁ、もう、だめ……あぁっ」

激烈な快感に、嬌声を上げ続け、声が枯れ果ててくるほどだった。ふいに、男の長い指が深々と膣腔に突き入れられ、深く抉《えぐ》ってきた。

「ひぃ、ひ、あ、いやぁ、また、出ちゃう……あぁぁっ」

脳芯まで煌めく法悦に満たされ、全身が強ばり、再び大量の潮がびしゃびしゃと溢れてしまう。まるで粗相をしたように、いくらでも愛潮が溢れてくる。

「すごいな――こんなに感じやすい君は初めてだ――淫らすぎるよ」

まだ膣奥で指を蠢かせながら、オズワルドが感じ入った声を出す。

「う……あぁ、もう……だめ、だめなのぉ……」

快感で意識が朦朧としているクリスティーナは、息を弾ませて懇願した。

「お、願い……オズワルド……あなたので、達かせて……あなたが、欲しいの……」

自分でなにを口走っているか、意識していなかった。

ただ、この灼け付くような疼《うず》きから解放され、意識を悦楽の渦の中で手放したかった。それには、指などではなく、男の硬く太いもので満たしてもらうしかなかった。

「――その言葉を待っていたよ、君から私を求めてくれるのを――」

オズワルドが感慨深い声を出し、ゆっくり身を起こした。

彼がキュロットを緩める衣擦《きぬず》れの音に、胸が妖しい期待に踊った。それどころが、もどかし気に腰が揺れて催促してしまう。

「ああ、早く……早く……どうか……」

淫襞がひくついて、粘っこい愛液をさらに吐き出して男を誘う。オズワルドの身体が覆《おお》い被《かぶ》さってきて、硬い亀頭が蜜口に触れるだけで、びくりと腰が震えた。淫唇がきゅうきゅうと先端を奥へ引き込もうと、収縮を繰り返す。

「素晴らしいね——こんなに君に求められるなんて——感無量だ」

そう言いつつ、オズワルドは先端だけを媚肉に埋めてゆるゆると腰を動かした。

「あ、あぁ、あ、や……」

子宮口が灼け付くように燃え上がり、もっと奥まで貫いて欲しくて焦れる。だが、彼はクリスティーナの欲求を見越した上で、わざと浅瀬を掻き回している。

「やぁ、意地悪……しないで、お願いだから……」

拘束された身体を仰け反らし、いやいやと首を振る。

「もっと私を求めてくれ——クリスティーナ」

オズワルドは汗ばんだ乳房に顔を埋め、すりすりと高い鼻梁《びりょう》で撫《な》で回《まわ》した。

「ん、ふぅ、あ、や……」

その刺激にすら、かあっと下腹部が燃え上がる。

「あぁ、オズワルド……」

もはや獰猛《どうもう》な欲望の暴走を、押しとどめることはできなかった。

「お願い、もっと奥にちょうだい……あなたの太くて逞《たくま》しいもので、私をめちゃくちゃにして、お願いよぉ……」

欲望の涙をにじませた目でオズワルドを見つめて、懇願した。

「よく言った——クリスティーナ」

黒曜石色の瞳でまっすぐ見つめ返してきたオズワルドは、せつないほど美しい微笑みを浮かべた。彼はクリスティーナの腰を強く引きつけると、一気に最奥まで貫いた。

「ひぅ、あああぁ、あ、あぁっ」

激烈な衝撃に、クリスティーナは悲鳴にも似た嬌声を上げる。

猛々《たけだけ》しい剛直が子宮口を穿つたびに、脳裏に喜悦の火花が散り、下腹部がじーんと甘く痺れた。

「ふぁ、あ、すごい……あぁ、すごい、オズワルド、あぁっ」

縛られた身体が軋みそうなほど、波打った。

「っ――すごい、君の中、いつもにも増して、きつくて熱くて」

がつがつと腰を穿ちながら、オズワルドが息を乱す。彼の緩く括った黒髪が解け、ヴェールのようにクリスティーナの顔を覆う。

淫らな闇の中で、彼女は思い切り自我を解放する。

「んあぅ、んんぅ、あ、いいの……あぁ、よくて……うぅん、ん」

自らも腰をのたくり、さらに貪欲に快感を拾おうとする。

もっと深く、もっと激しく、もっと欲しくて――。

「クリスティーナ――クリスティーナ」

オズワルドは彼女の名前を連呼しながら、さらに激しく一心不乱に腰を振り立てた。

太い雁首が括《くび》れぎりぎりまで引き抜かれると、泡立った愛蜜と潮がごぽりと溢《あふ》れ出《だ》し、再び最奥まで突き入れられる。

「ふぁ、あ、深い……あぁ、当たるの……あぁ、奥に……っ」

もはや数えきれないほどの絶頂を極め、達したままの状態で、さらに高みへ昇らされてしまう。それは快感を通り越して、苦痛ですらあった。

「やぁ、終わらないの……あぁ、また……あぁ、どうしよう、おかしくなるっ……どうしたら……いいの」

乱れ泣き叫ぶクリスティーナの身体を、ぎゅっと強く抱きしめ、オズワルドが耳元で欲望に掠れた声でささやく。

「いいんだ、おかしくなって——もっと、もっと」

「いいの？　もっと、変になって……あぁぁあぁっ」

嬌声を上げ過ぎて、咽喉が掠れてきた。

「うぁ、あ、も、来て……お願い、一緒に……あぁ、来てぇっ」

どうしようもない愉悦に、全身でイキんで男を共に高みへ押し上げた。

「あぁクリスティーナ——達くよ——もう」

オズワルドの腰の動きが小刻みになる。

「ああ、私も……っ」

きゅうっと媚襞が収斂《しゅうれん》するのと同時に、どくんと男根が脈打った。

「は、あぁぁぁっっ」

熱い白濁が子宮口へ迸《ほとばし》る。膣腔が、それをことごとく呑みこむように、激しく蠕動《ぜんどう》した。

「……はぁ、は、はぁ……」

二人は同時に果て、汗ばんだ身体をぐったり重ね合わせた。

「――素晴らしかった……君は――抱くたびに、感じやすく深くなる」

オズワルドがしみじみした声を出す。

「……オズワルド……」

クリスティーナは胸の内に膨らむ熱い想《おも》いがなにか掴めないまま、ただ相手の名前を心を込めて呼んだ。

互いの中にある枷《かせ》が、たった今ひとつ、外れたような気がする。

クリスティーナは満たされきった微笑みを浮かべた。


翌日のことだった。

クリスティーナがいつものように縫い物をしようと、居間で自分の針箱を開けた時だった。

小さく折り畳んだ紙片のようなものが、針山の下に押し込まれていた。

「なにかしら……」

クリスティーナは不審に思いつつ、そっと紙片を開いた。中に数行の文字が書かれている。

『イムル国とアルランド国の前王は、王太子オズワルドに暗殺された』

最初、その文字の意味が頭に入ってこなかった。

（な……に？　これ、どういう意味なの？　お父様が、オズワルドに殺されたって……？　それに、アルランド国の前王まで……？）

頭が真っ白になった。

手がぶるぶる震え、紙片がテーブルの上に落ちた。

（嘘《うそ》……誰なの？　こんな手紙を私の私物に忍ばせるなんて……誰が⁉）

クリスティーナの胸の中に、拭いきれない恐ろしい暗雲が立ちこめた。

第四章　忍び寄る陰謀の影

「気分でも悪いのか？」

朝食の席で、オズワルドがいぶかしげに尋ねてきた。

「え？　あ……なんでしょうか？」

ぼんやり物思いに耽《ふけ》っていたクリスティーナは、はっとして顔を上げた。

正面に座っているオズワルドが、フォークを動かす手を止めてじっとこちらを見つめていた。

「先ほどから、まったく食が進んでいない。いつもはなんでも美味《おい》しそうに食べる君が——熱でもあるか？」

彼が長い腕を伸ばし、そっと額に触れてきた。びくりと身体が竦んだ。

「少し、身体が熱いようだ」

「さ、昨夜、あまりよく眠れなくて……」

小声で答えると、オズワルドが気遣わしげに頬を撫《な》でた。

「そうか。私はこれから、新興国ガザム帝国との折衝《せっしょう》で忙しくなるが、今日は君の公務は入っていないから、ゆっくり休むといい」

「はい……」

オズワルドがナプキンを置いて立ち上がった。

「あ、あの、オズワルド……」

思わず声をかけていた。

「なんだ？」

振り向いた彼の顔は、変わらず端整で清冽《せいれつ》だ。クリスティーナは顔を伏せた。

「――いってらっしゃいませ」

「うん」

オズワルドはいつものように出掛けの口づけをしようと近づいてきた。つい、顔を背《そむ》けてしまったクリスティーナは、慌てて言い訳した。

「か、風邪かもしれません……お忙しい時期のあなたに、伝染《うつ》したくないから」

「わかった、大事にな」

彼は口づけの代わりか、大きな掌《てのひら》でぽんぽんと優しく頭を撫で、食堂を後にした。

一人残されたクリスティーナは、大きく息を吐いた。

『イムル国とアルランド国の前王は、王太子オズワルドに暗殺された』

昨日、針箱に仕込まれた怪文書を目にして以来、クリスティーナの胸は千々に乱れていた。

確かに、両国王の死には不審な点が多々あった。

両国王は私的な会談をする際には、ごく限られた重臣にのみその詳細を知らせ、場所や時間は公《おおやけ》にはされていなかった。

火事のあった古城での会談も、極秘で行われた。

古いとはいえ、二大国の王が使用する城だ。前もって徹底的な清掃と点検が行われていた。食事を給するために厨房《ちゅうぼう》は使用されたが、火の扱いに関しては細心の注意が払われていたはずだ。例え失火したとしても、城が全焼するほどの大火事にまで至るだろうか。

だが実際は、失火してものの数十分で城は焼け落ちてしまった。

あまりの猛火に、階下にいた数人が命からがら逃げのびただけだった。不審火の疑いも拭えなかったが、地下の厨房にいた関係者は全員焼死してしまった。

その後の調査でも、事件性を匂わせる確固たる証拠はでなかった。

また両国とも、突然国王を失った直後の国内情勢の建て直しに汲々《きゅうきゅう》とし、事故の詳細な調査は打ち切られてしまった。

当時、父王を失ったショックと悲しみで、まだ十七歳だったクリスティーナにできることは、何も無かったのだ。

重臣の一部のものが暗殺の噂《うわさ》をしていたのは、彼女の耳に入っていた。

アルランドがイムル王を暗殺しようと企てたと。

だが両国王とも焼死してしまったことで、その疑惑も薄れてしまった。

（でも、もしオズワルドがイムルとアルランドの両国を手に入れようという野望に取《と》り憑《つ》かれたとしたら――）

両国王を亡き者にし、イムル国の王位継承者のクリスティーナと結婚すれば、オズワルドは二大国の支配者になれるのだ。

「そんな恐ろしい事……！」

信じたくない。

信じられない。

自信家で尊大だが、彼の本質は誠実で清廉な心の持ち主だ。

（何者なの？　あんな書き付けを私に読ませるなんて……せっかくオズワルドとの距離が、少しずつ近づいてきたと思っていたのに）

「――王妃様、御気分がよろしくないようです。お部屋でお休み下さい」

背後から静かにレイクが声をかけてきた。

クリスティーナはぎくりと肩を竦め、彼を振り返る。

（レイクは――身元不明の異国人……彼がまさか、間諜《かんちょう》とか？）

記憶喪失の振りをしてクリスティーナに取り入り、謀略をめぐらしているとしたら――。

ひどい頭痛がしてきた。

クリスティーナはふらふらと立ち上がった。

「部屋に戻って休みます――あなたは、部屋の外で待機していてください」

次の間に彼を置くことも、危険な気がしたのだ。

「かしこまりました。後で侍女に薬を届けさせます」

レイクはいつも通りの忠実な態度だった。

部屋に戻ったクリスティーナは、ベッドにどさりとうつ伏せに倒れ込んだ。

(いや！　誰かを疑うなんて……オズワルドを、レイクを疑うなんて……)

疑心暗鬼に陥ている自分が、哀《かな》しく情けなかった。

特にオズワルドに対しては、一片の疑惑を持つことすら胸が切り裂かれるような気がした。

「王妃として、君ほどの人はいないと思う」

あの言葉が、嘘だなんて思いたくなかった。

子どもの頃から意地悪ばかりされて、苦手な王太子との政略結婚ではあった。

オズワルドの態度は高圧的で意地悪だったが、決して邪悪なものは感じられなかった。だからこそ、クリスティーナも忌憚《きたん》なく彼とものを言い合えたのだ。

(考えちゃだめ……考えないの)

たった一枚の紙切れで、自分がここまで混乱することに我ながら驚きもあった。

(私は……いつの間に、オズワルドにこんなにも心奪われていたのだろうか……？)

頭の中がオズワルドのことでいっぱいになる。

彼の姿、彼の声、彼の仕草、彼の感触——どこにいてもなにをしていても、オズワルドのことを考えないときはなかった。

（なんだろう、なにかしら——このそわそわして落ち着かない、焦《じ》れったいような嬉しいような哀しいような、ごんな感情……）

生まれてこのかた経験したことのない気持ちに、ますます混乱の度を深めてしまった。

昼餐《ちゅうさん》をキャンセルし、クリスティーナは悶々《もんもん》とベッドに横たわっていた。

夕刻前、遂《つい》に意を決した。

（一人でくどくど考えていても仕方ない……オズワルドに話をしよう）

真正面から彼と対峙《たいじ》しよう、と思った。

誰にも見られないよう、部屋の裏扉から王族専用の廊下へ出て、オズワルドの休憩室へ向かった。今の時間なら、彼は仮眠をとっているか一服しているはずだ。

休憩室にも裏から通じる隠し扉がある。そこから音もなく、部屋の中へ入った。

小さな休憩室は窓にカーテンが下りて薄暗く、ほのかなコーヒーの残り香が漂っている。ちょうどオズワルドが一服したばかりなのだろう。

休憩室の隅には仮眠用の長椅子があり、オズワルドはいつもそこで横になっている。

衝立の向こうに、長椅子の上に長々と伸ばしたオズワルドの足がのぞいていた。

「……オズワ……」

衝立の向こうに声をかけようとして、クリスティーナはぎくりとその場に釘付《くぎづ》けになった。

「陛下——御慕《おした》い申し上げています」

女性の声がする。

おそるおそる、衝立の陰から顔をのぞかせると、ドレスの上衣を諸肌脱いで立っている側仕えの侍女の後ろ姿が目に飛び込んできた。いつぞや、オズワルドが新規に雇い入れた流民の女だ。

長椅子に身を横たえているオズワルドは、上半身だけ起こしてじっと侍女の方を見ている。彼の黒曜石色の目は何の感情も浮かべず、まっすぐ侍女に向けられていた。

「——お前は、私を誘惑するのか？」

静かな声だった。

侍女が艶っぽく身体をくねらせた。

「御意」

オズワルドは侍女から視線を外さず、言った。

「ではもっとこちらへ、来い」

刹那、クリスティーナはくるりと背中を向け、足音をたてないようにして休憩室を出た。廊下に出たとたん、へなへなと腰が抜けた。

あまりのショックで茫然自失になっている。

(私ったら……オズワルドの言葉を鵜《う》呑みにして……一人で舞い上がっていた……)

王が愛人を侍《はべ》らすなど、不思議ではない。

侍女がお手つきになるのもよくある事だ。

複数の妻を持つことを許されている国だってある。

(あんな綺麗な侍女が側にいたら、オズワルドだってきっと……)

ぎゅっと心臓が掴み出されたように痛んだ。ふらつきながら、胸を抑えて立ち上がろうとした。

(王妃として、愛人の一人や二人見て見ぬ振りするくらいの、度量が必要よ)

そう必死に自分に言い聞かせた。

だが——。

涙があふれてくる。

いやだ。

オズワルドが他の女性に触れると思っただけで、全身に怖気《おぞけ》が走った。

クリスティーナは踵《きびす》を返した。

まっすぐ休憩室に戻り、衝立の陰から飛び出した。

「オズワルド……！」

長椅子に足を投げ出しているオズワルドに、侍女が覆い被さろうとしていた。

侍女を凝視していたオズワルドの視線が、はっと飛び出してきたクリスティーナの方にずれた。

その瞬間、侍女はうなじで纏《まと》めた髪に差してあったピンを素早く抜いた。長い先端の鋭く尖ったピンだった。それを彼女は目にも留《と》まらぬ早さで逆手に持ち替えた。

真後ろからそれを見ていたクリスティーナは、侍女がピンを振り上げたとたん、悲鳴を上げて飛びついた。

「危ない！　オズワルド！」

クリスティーナは夢中で侍女の腕に取りすがった。不意をつかれた侍女が、一瞬動きを止めた。刹那、ぱっとオズワルドは起き上がり、侍女の右手を手刀で払った。

ちゃりーん、と鋭い音を立ててピンが床に落ちた。

「ちっ」

侍女が舌打ちし、クリスティーナの腕を振りほどいた。侍女は素早く床のピンを拾い上げ、振り向き様クリスティーナにピンを振り上げる。

「クリスティーナ！」

オズワルドがクリスティーナの身体を抱え、そのまま床に転がった。

ひゅっと空を切って、ピンがオズワルドの耳元を掠めた。

「陛下！　王妃様！」

裏扉を蹴り開けて、レイクが飛び込んできた。手に抜いた剣を握っている。

「っ——あなたは？」

侍女はレイクの姿を見ると、息を詰めて顔色を変えた。その隙をついて、レイクが剣の柄で侍女のこめかみを打った。

ばったりと侍女が床に倒れ伏した。

彼女がぴくりともしないのを見てとるや、レイクは床に折り重なって倒れているオズワルドとクリスティーナに声をかけた。

「陛下、王妃様、お怪我《けが》は？」

「命に別状はない。レイク、よくぞ来てくれた」

オズワルドは息を弾ませて、クリスティーナの身体を引き起こした。

「クリスティーナ、無事か？」

クリスティーナはがくがく震えていたが、必死で声を振り絞った。

「は、はい、だいじょうぶです」

そこへ表扉から、どっと警備兵たちが飛び込んで来た。

「陛下、なにか物音が⁉　如何《いかが》なされました！」

いった。


オズワルドは落ち着いた声で命じる。

「曲者《くせもの》だ。そこの侍女を逮捕し、即刻取り調べろ。どこぞの国の間諜《かんちょう》であろう」

ざわっと警備兵たちは動揺したが、すぐさま気絶している侍女を捕縛し、部屋から連行していった。

クリスティーナはまだ震えが止まらなかった。

やっと事態が呑みこめてきた。

オズワルドの暗殺未遂が起こったのだ。

「クリスティーナ、クリスティーナ」

愕然《がくぜん》としている彼女を、オズワルドは気遣わしげに抱き上げ長椅子に座らせ、その両手を握った。

「あ、あ……こんな、恐ろしいこと……」

クリスティーナは涙目でオズワルドを見上げた。

「あなた、大丈夫？　どこにも怪我はない？」

オズワルドが真剣な表情で答えた。

「この通り無事だ」

クリスティーナを抱きかかえながら、オズワルドは側に立っているレイクに声をかけた。

「君が助けてくれなければ、私の命も危なかった。感謝する」

「いいえ、陛下。私は王妃様のお姿が見当たらず、矢《や》も楯《たて》もたまらず、飛び込んでしまっただけですから」

そう言いながらレイクの表情は、どこかぼんやりしていた。

「どうした？　ひどく顔色が悪い」

オズワルドの声に、レイクは軽く首を振った。

「いいえ――私はさっき、なにか頭の隅で瞬《また》くものがあったような気がして――私は……」

レイクは独り言のようにつぶやく。

「あの間諜の女と、以前どこかで会ったことがあるような……」

彼は必死で記憶の糸をたぐろうと、こめかみに手を当てた。

「だめだ――思い出せない、です」

レイクが苦悩に満ちた表情で、肩を落とした。

オズワルドが労《いたわ》るように声をかける。

「今日はご苦労だった、礼を言う。お前は自室に戻り、ゆっくり休むがいい。もしかしたら、新たな記憶が蘇《よみがえ》るかもしれないからな。なにか思い出したら、すぐ私に知らせてくれ」

オズワルドの命に、レイクはうなずいて一礼し、その場を立ち去った。

怒濤《どとう》のような騒ぎが鎮まり、休憩室に二人きりになった。

クリスティーナはオズワルドの胸に顔を埋めた。ぴったり寄り添っていると、オズワルドの力強い鼓動が伝わってくる。

この胸の中にいれば、どんな危機からも守られるような気がした。

黙って髪を撫でていたオズワルドは、事態が収まったと見たのか、ふいに怒りを含んだ声で言った。

「なぜこんなよけいなまねをする。もう少しで、君が襲われるところだったぞ！　このはねっかえり娘が！」

クリスティーナは顔を上げ、ぽかんとした。

「よ、よけい、ですって？」

オズワルドがふんと鼻を鳴らす。

「そうだ。私は当初からあの侍女を疑っていたんだ。だから、今日私を油断させようと誘惑する素振りをしてきたので、それに乗って逆に正体を暴いてやろうと思ったんだ。すんなり間諜を捕縛出来たのに、君が予想外の動きをしたせいで、危ういところだった」

「そ、そんな、私は……ひどい……！」

あんなにもオズワルドのことが気になって、決死の思いでここまで来たのに——なぜ怒られなければならないのだろう。

「だって……私はとてもショックだったのよ。あなたの前に半裸の女性が立っていて……」

オズワルドの表情が解《と》けてくる。

「ああなるほど――君は私に焼き餅を焼いたわけだ」

かすかに笑いを含んだ声に、口惜しさが込み上げてきた。

「なにがおかしいの？　私はほんとうに辛《つら》くて――でも、あなたが危ないと思ったら、思わず飛び込んでしまったのに……」

嗚咽《おえつ》が込み上げてきた。

死を身近に感じた恐怖と、オズワルドを失うかもしれないと思った瞬間の絶望感をありありと思い出したのだ。

オズワルドの声も激昂《げっこう》する。

「か弱い女の身で、無謀なことをするな。君の助けなんかなくても、私は大丈夫だ！」

「ええ、あなたはそうでしょう。あなたは文武に優れ、機智《きち》に富んだ素晴らしい王よ。私みたいな役立たずの王妃など、必要ないでしょうね」

「どうしてそういう理論になる。君は私の妻だ。だからこそ、無茶《むちゃ》はするなと言っているんだ」

「あなたのことを心配もするな、ってことなの？」

「そうは言っていないが――君が今後も勝手に危ない行動をするのなら、私のことなど気にも留めてくれぬ方が、まだましだ」

「そんな――できっこないでしょう！　夫なのに」

「まだわからないのか！」

オズワルドの白皙《はくせき》の美貌が、上気する。その目は切なさに満ちていた。

もはや彼は怒ってはいないようだ。だがひどく気が荒《あら》ぶっているのははっきりしていた。

「私は君を失いたくない、と言っている」

クリスティーナも彼の興奮に煽《あお》られて、声を大きくしてしまう。

「イムル国の皇女だった私が、王妃として必要だからでしょう！」

いきなりぎゅっと両腕を掴《つか》まれた。骨が折れそうなほどの勢いに、クリスティーナはひやりとした。

「君はなんてわからず屋なんだ！」

がくがくと強く揺さぶられる。いつもの冷静な彼にあるまじき粗暴な振る舞いに、恐怖すら感じる。

暗殺から辛くも逃れた後の気の昂《たかぶ》りが、オズワルドの平常心を失わせているのかもしれない。

「君自身が必要だからだ。君だけが必要なんだ。他の女など、いらぬ！」

クリスティーナははっとして、長い睫毛《まつげ》をしばたたかせ潤んだ瞳で彼を見つめた。

彼の言葉が胸にまっすぐ突き刺さった。

「オズワルド……それって……」

聞き返そうとしたが、それより早く性急に床に押し倒された。

「あっ、なにを……」

「分からず屋の君に、一番物わかりをよくさせるのは、これしかない」

緩やかにリボンだけで結ばれていた部屋着のドレスの前を、引き裂くように開かれた。ぷるんとまろやかな乳房が剥き出しになり、外気に触れた乳首がきゅうっと凝った。

「やめ、て、こんなところで……っ」

背中に冷たい大理石の床を感じ、身を捩《よじ》って逃げようした。彼の腕から逃れ、両手を突いて立ち上がろうとすると、さっと足首を掴まれ引き倒される。

「逃がすか——今の私はひどく凶暴な気分なんだ。君のすべてを奪うまで、許さない」

腹這《はらば》いに床に倒れ込んだところを、のしかかられスカートを大きく捲《めく》り上《あ》げられる。

「いやぁっ」

弱々しく悲鳴を上げる。

剥き出しにされた白い臀部《でんぶ》を、オズワルドの熱い掌がねっとりと撫で回した。ぞわぞわと怪しい予感が下腹部に満ちてくる。

死の恐怖から解放されたクリスティーナもまた、いつもより異様に気持ちが高揚していた。

「だ、め……」

「どうだ、掌に吸い付くような白い肌。どんな女が誘惑してきても、君のこの肌にかなうものなどいない」

男の手は性急に尻肉の狭間を弄る。くちゅっと猥りがましい音がした。

「あっ」

「そして感じやすい密やかな花園――私の指でいくらでも蜜を吐き出す――君をこんな風にさせるのが私だけだと思うと、ぞくぞくするよ」

長い骨張った男の指が、秘裂からゆっくり後孔の窄《すぼ》まりを擽《くすぐ》る。不可思議な戦慄に、びくんと腰が浮いた。

「きゃぁ、あ、そこ、だめっ……」

「こちらも悪くない反応だ」

滲《にじ》み出《だ》した愛液を指の腹に受け、オズワルドがゆるゆると後孔を愛撫《あいぶ》する。

「やぁ、あ、や……ぁあ……」

あらぬところを弄られ、全身が強ばる。男の悪戯《いたずら》な指は、親指で菊座を揉《も》み解すようにしながら、残りの指が蜜口も掻《か》き回《まわ》してくる。

「はぁ、あ、あ、あぁ……」

ぐちゅぐちゅと溢れる愛蜜を掻《か》き出《だ》すように、複数の指が激しい抽送を繰り返す。灼け付くような後孔への刺激と、熟れた媚肉が生み出す快感に、クリスティーナは背中を反らせて猥りがましく喘《あえ》いだ。急降下で愉悦が高まり、あっという間に達してしまった。

「やぁ、あぁぁ、あぁぁぁっ」

びくびくと腰を震わせて快感を噛み締める。

「そら、もう達してしまった。しかも、まだ物足りないようだな」

ひくつく膣襞の中で男の指が小刻みに揺れた。

「は、はぁ、や……ぁ」

確かにもはや指では飽き足らず、オズワルド自身で満たして欲しくて、濡れ襞が淫らにうねってしまう。

「君が欲しいのは、私だろう?」

尻肉の狭間に、熱く硬い剛直が押し当てられた。

「あっ……」

挿入の予感と期待に、身体がびくりと震えた。口惜しいがオズワルドの言う通りで、身体中がくるおしいほどに彼を求めてしまう。誘うように腰が浮いてしまう。

「ふ──こういう時の君は実に素直で、好ましい」

太い先端でちゅくちゅくと焦らすように掻き回されると、じんと下腹部が甘く痺れ、もはや居ても立ってもいられなくなる。

「ん、ぁん、ね、ねえ……お願い……」

「わかっている」

後孔に添えた親指はそのままに秘裂に添えられた肉茎が、勢いよくめり込んでくる。

「は、はあぁっ」

熱く太い欲望に満たされ、クリスティーナは甘い嬌声《きょうせい》を上げた。

最奥まで突き入れたオズワルドは、亀頭の括れまで引き摺り出すと、再びずんと強く突き上げてきた。

「っ、あぁ、あ、深い……っ」

脳芯まで喜悦に痺れ、全身が戦慄《わなな》く。子宮口に硬い先端を押し当てたまま、オズワルドが腰を捩《ね》じ込《こ》むように揺さぶった。その勢いで、後孔に添えられた指先が、ぬるっと侵入してきた。

「ひっ？　ぁ、あ……」

不可思議な圧迫感に、クリスティーナは目を剥いた。

「やぁ、そこ、抜いて……だめ、だめなのっ」

「大丈夫、指くらいすぐ馴染《なじ》む」

オズワルドは膣襞を激しく抉りながら、容赦なく後孔に指を突き入れてくる。

「やぁ、あ、あ、は、あぁ、あっ」

太く熱い衝撃に、身体の奥で喜悦が弾け下肢が蕩《とろ》けてしまう。菊座への挿入も、違和感がなくなってくる。逆に、なにかぽってりと重苦し快感が深部から湧き上がってくる気がした。

「や、あ、あぁ、熱い、あ、ぁ、だめ、なのに……っ」

逼迫《ひっぱく》した声を上げながら、オズワルドに貪欲に求められる至福が胸を満たす。

「っ――いつもよりもっと締めつける――新たな刺激がよほど気に入ったようだ」

オズワルドは息を乱し、さらに体重をかけて律動を激しくしてくる。後孔に突き入れられた指が、さらに深く潜り込む。

「はぁ、あ、だめ、あぁ、それ以上、あぁぁっ」

二カ所責めされる被虐的な悦《よろこ》びに、瞼《まぶた》の裏が真っ赤に染まる気がした。たちまち激しい絶頂が迫《せ》り上《あが》ってくる。

「あぁ、あ、オズワルド、私……あぁ、また達《い》きそうに……あぁ、あぁぁ」

エクスタシーを希求する淫襞が強く収斂《しゅうれん》し、男の屹立《きつりつ》から精を搾り取ろうと締め上げる。

その刹那、オズワルドが低く唸《うな》って腰をずるりと引いた。

濡れ果てた屹立が抜け出ていく喪失感に、達する寸前で突き放されたクリスティーナは思わず、

「あっ、いやぁん」

と、不満げに鼻声を漏らしてしまった。

同時に、後孔に突き入れられていた親指もぬるりと抜かれた。

「あ……」

快感に弛《し》緩《かん》した後孔は、ほころんだままだった。そこへ、オズワルドがぐっと濡れ光る亀頭を押し当ててきた。クリスティーナははっと肩越しに彼を振り返る。まだ愉悦に身体が甘く蕩

けていて、身構えることができなかった。

　ぐぐっと先端が緩んだ後孔から侵入してくる。

「や、だめ、そこ、無理よ……挿入《はい》らないっ」

「君のすべてを奪うと言ったろう？」

　オズワルドは躊躇《ためら》い無く腰を沈めてくる。

「ひ、あ、だめ、痛ぅ、あ、だめぇっ」

　排泄《はいせつ》する器官に挿入させられそうになり、めりめりと押し開かれる苦痛に、クリスティーナは四肢を突っ張って悲鳴を上げた。

「っ――力を抜くんだ、クリスティーナ」

　尻孔がきゅっと窄まり、男の侵入を阻む。

「無理……よ、力なんか抜けない……ぁ、あ」

　息を詰めて身体を強《こわ》ばらせるクリスティーナに、いったん動きを止めたオズワルドが、後ろから彼女の恥丘に手を這《は》わせてきた。愛蜜を垂れ流す秘裂を割り開き、隆起している秘玉をそろそろと弄ってくる。

「んぅ、あぁ、あ、あぁ」

　鋭敏な官能の塊をぬるぬると擦り上げられると、痺れる快感が下肢を支配し、脳裏が霞《かす》んでくる。オズワルドはさらに指を小刻みに揺らし、秘玉の直接的な愉悦でクリスティーナの官能を追い上げる。どうっと新たな愛蜜が噴き出し、全身が甘く痺れてくる。

「はぁ、あ、だめ、あ、そこ、あ、達っちゃう……」

強引に絶頂へ追い上げられ、クリスティーナは頭を振り立てて啜《すす》り泣《な》く。彼女の弱みをすべて知り尽くしている指が、秘玉を転がしながら飢えた媚肉の中に突き立てられた。

「やぁ、掻き回しちゃ……あぁ、あ、あ、も、あぁっ」

人差し指で鋭敏な陰核を刺激しながら、中指で淫襞をぐちゅぐちゅと乱暴に掻き回され、先ほど途中で放棄された絶頂に向かって、一気に昇りつめた。

「あぁあ、あぁあ、あああぁっ」

びくびくと腰を淫らに痙攣《けいれん》させ、頂点を極めたクリスティーナは、一瞬意識が真っ白になり、何も考えられなかった。絶頂の直後、どっと身体が弛緩した瞬間、緩みきった後孔を押し開き、ぬるりと亀頭が挿入された。

「うあ？　あ、あ？　ああぁっ、そ、そんな……っ」

灼け付くような塊が一気に深部へ侵入してきて、クリスティーナは息を呑《の》んだ。

一番嵩高《かさだか》い先端が抜けてしまうと、残りの肉胴はゆるゆると根元まで収まってしまった。

「ふ──そら、全部挿入《はい》ってしまった」

オズワルドがふーっと喜ばしげなため息を漏らした。

「や、あ、あ、苦し……あ、だめ……」

少しでも動いたら身体の中心が壊れてしまいそうで、クリスティーナは浅い呼吸を繰り返しながら身を強ばらせた。

「君のすべてを、私が奪った」

オズワルドがあまりにしみじみした声を出すので、クリスティーナの胸がきゅんと甘く疼いた。彼にならなにもかも奪われて構わない、とすら思った。

いや、奪うだけではなく、自分の心の中の頑《かたく》なで硬い殻を粉々にして欲しいという、荒々しい欲望が生まれていた。

「ふ……あ、ぁ、オズワルド……お願い、が……」

目も眩《くら》むような拡張感に耐えながら、声を振り絞る。

「なんだい？　クリスティーナ」

「や、優しく……どうか、優しく奪って……初めてだから……」

禁断の孔《あな》を犯されたいという望みを口にした羞恥に、耳朶《じだ》まで真っ赤に染まり、頭がくらくらした。

「ああクリスティーナ――」

オズワルドが感慨深い声とともに、彼女の桃尻を両手で抱え、ゆるゆると腰を引いた。

「は、あ、あ、ぁあ……」

内臓まで引《ひ》き摺《ず》り出《だ》されそうな錯覚に、息が止まる。それと同時に、剛直が抜け出ていく喪失感に、異様な興奮を覚えた。媚肉で感じる強い快感とも違う、なにか重苦しく頭の芯に響くような未知の官能だ。再び深く挿入されると、子宮に直接響くような衝撃に、びくびくと全身が戦慄《わなな》いた。

クリスティーナは徐々に甘い声で鳴き始めると、オズワルドの腰の動きが大胆になってくる。ずんと根元まで貫かれると、絶頂を極めて鋭敏になっている膣腔が、被虐的な悦《よろこ》びをあますところなく拾い上げる。

「あ、あ、熱い……あぁ、熱くて……」

鈍い灼け付くような快感が、じわじわと増幅してくる。

「よくなってきたか——クリスティーナ。ほんとうに君は淫らで可愛い——君の官能を何もかも開発し尽くして、私無しではいられなくしてやろう」

ぐっぐっと屹立を押し入れながら、オズワルドが背骨に響くような悩ましい声を出す。その低い声にすらじわりと感じてしまう。男の腰の抽送に合わせ呼吸を整え、後孔を拓《ひら》かれる苦痛をやり過ごすごしているうち、ぽってりとした疼痛《とうつう》のような快感が、どんどん膨れ上がっていた。

「んぅ、あ、あぁ、私は……もう……は、はぁっ……」

(とっくに……あなた無しではいられなくなっているのよ)

もう少しでそんな言葉が、口をついて出そうになった。

だが、羞恥心の欠片《かけら》が、それを呑み込んでしまう。

「く、う、は、ぁあ、灼ける……っ、そこ……あぁ、前も、あぁ、どこもかしこも……っ」

息を弾ませ激しく揺さぶられ、クリスティーナはただ嬌声を上げ続けた。

初めての後孔の快感はじりじりと灼け付くように脳芯を犯し、すぐ目の前にまできた煌《きら》めく愉悦の高みに、もう一歩で届きそうで届かない。

「ん、んぅ……は、あぁ、オズワルド、も、終わりたいの……おかしくなって……あぁ、辛いの……お願い、もう達かせて……っ」

目尻に喜悦の涙を溜《た》めた顔を振り向かせ、うっとりとした表情を浮かべているオズワルドに懇願する。

「いいよ、私もそろそろ限界だ——クリスティーナ、一緒に達こう」

オズワルドがのしかかるようにして、渾身《こんしん》の力を込めて腰を繰り出した。

「あぁっ、ああ、壊れ……あ、あ、すご、い……なに、これ……っ」

ずくずくと粘膜の弾ける淫猥《いんわい》な音が響いた。そしてオズワルドは再び秘裂を弄《いじ》り、指を三本揃《そろ》えてぐぐっと膣壁の感じやすい部分を突き上げてきた。

「ひ、あ、だめ、死ぬ……あぁ、死んじゃう、だめ、おかしく……っ」

三所責めを受け、クリスティーナの意識が真っ白になった。

身体がふわふわと浮いて、どこかに飛んでいきそうな錯覚に陥る。

「ああクリスティーナ、クリスティーナ、達くよ――」

男の腰と指の動きが最速になり、がつがつと後孔を抉り、淫らに媚肉を掻き回した。

「あ、あああ、あ、達く、あ、も、あぁぁぁっ」

二人の呼吸がぴったり重なり、同時に高みへ達した。

どくんと身体の奥でオズワルドの欲望が脈打った。

熱い白濁が大量に直腸に注ぎ込まれる。

「……ひ、う、あ、あぁ、あ、ぁあ……」

底知れぬ絶頂の渦に呑み込まれ、クリスティーナは四肢をぴーんと硬直させた後、がくりと床に倒れ込んだ。

その勢いでずるりと陰茎が抜け出て、繋《つな》ぎ目からどろりと男の精が滴り落ちた。

弛緩した彼女の身体の上に、オズワルドがゆっくりと崩れ落ちてくる。

しばらくは二人とも息を弾ませながら、ただ法悦の余韻に浸っていた。

どれほどぴったりと身体を寄せ合っていたろうか。

やがてオズワルドが深いため息とともに、クリスティーナの汗ばんだこめかみに唇を押し付けた。

「すまぬ。乱暴にしてしまった――私も、いささか気が動転していたらしい」

クリスティーナはそっと顔を振り、オズワルドの瞳を覗き込んだ。

獣欲から解放され、頬を赤らめてうつむくオズワルドの顔は少年っぽく、クリスティーナは可愛らしいわ、と思った。

端整な青年のオズワルドを可愛いと思うなんておかしいが、その表情に胸がじぃんと甘く疼いた。なにかいたいけで儚《はかな》く大事なものを、そっと両手で包み込むような心持ちだった。

二人はゆるゆると起き上がり、少し照れくさそうに背中を向けて服装を整えた。

スカートを直していると、クリスティーナは内ポケットの中のものに気がつき、あっと思った。

「オズワルド、私ね、あなたに告白しなければならないことが――」

「え？」

彼がぱっと振り返り、なにか期待に満ちた表情になった。

クリスティーナは内ポケットから、針箱に潜ませてあった紙片を取り出した。

「これが、数日前、私の私物に紛れ込ませてあったの」

「なに？」

オズワルドの表情がすっと引き締まり、紙片を受け取り開いて中の文を読んだ。彼の顔色がみるみる強ばる。

「こんなものが――」

「多分、私とあなたの仲を混乱させようと、あの間諜の侍女が入れたんだと思うの」

オズワルドはくしゃりと紙片を握りつぶした。

「父上とイムル王の非業の死については、私もずっと調べさせているんだ。もちろん、私は暗殺など企てはしなかったが、なにか血なまぐさい匂いがする」

「ごめんなさい、オズワルド、すぐにあなたに知らせなくて……私、とても悩んでいたの」

「私が怪しいかもしれぬと？」

オズワルドが穏やかな声で言ったので、思わずうなずいてしまった。

「ちょっとだけ……ちょっとだけよ。ううん、あなたがそんな人ではないって、私だってわかっていたわ」

オズワルドが苦笑する。

「君に全幅の信頼をしてもらうには、まだ時間がかかりそうだな」

クリスティーナはしょんぼりと肩を落とした。

「あなたを疑った自分が恥ずかしいの……」

オズワルドがそっと頬を撫でた。

「――私こそ、あのとき怒鳴って悪かった。君は身を挺《てい》して私をかばってくれたんだからね」

身体を激しく重ね、二人の間にある心の垣根が外れているせいだろうか。オズワルドのこの上なく優しい声に、気持ちがゆるやかにほころんでくる。

「とにかく、城の警備をさらに厳重にさせよう。私はまだまだ若輩者だ。国の政情が安定するまでは、しばらくかかるだろう。そこに諸外国に付け入られたら、大変なことになるからな」

「はい――及ばずながら、私もお力になります。この国は、私の国でもあるのですから」

きりっと表情を引き締めて言うと、いつもなら揚げ足をとるようなことを言うオズワルドが、素直にこくんとうなずいた。

「頼む――私と君の国のために」

「はいっ」

クリスティーナが満面の笑みで答えた。胸が躍った。

やっと夫婦として互いの心が通った気がした。

おそるおそる手を差し伸べ、オズワルドの手を握ってみた。

彼は面食らったように目をしばたたいた。

それから、かすかに口の端を持ち上げなにか言いたげな素振りを見せたが、黙って手を握り返してきた。


その後、暗殺未遂の間諜を取り調べるためオズワルドは、城の北の塔にある収監所に向かった。

クリスティーナは自室へ戻ってきた。

レイクがきちんと部屋の前に控えていた。まだ青白い顔色をしている。

「まあレイク。あなたは今日はもう下がってよいと、オズワルドが言ったのに」

気遣わしげに声をかけると、彼は微笑《ほほえ》んだ。

「お心遣いありがとうございます。でも、一人でいると気持ちが塞いでしまいます。こうして立ち働いているほうが――」

彼が扉を開け、部屋に誘導した。

椅子に腰を下ろしたクリスティーナは、そっとため息をついた。

「自分のほんとうの気持ちって、なかなかつかめないものよね」

飲み物の用意をしていたレイクが、ちらりと顔を上げた。彼のもの問いたげな目に、クリスティーナは小声で言った。

「ほんとうの記憶を失っているあなただから、打ち明けるわ――私ね、オズワルドのこと、嫌いじゃないみたい。でも、恥ずかしいから皆には内緒にしてね」

レイクがぽかんとした。

「――王妃様。それはもう城の者は全員知っていることですよ」

「え？」

今度はクリスティーナがぽかんとした。

レイクは笑いを噛み殺しているような顔で続ける。

「初めから、それは明らかでしたよ」

クリスティーナはひどく赤面した。

そんなはずはない。

今までオズワルドとは言い争いばかりしていたのに。

自分自身だって、ずっと彼のことは苦手でいけ好かないと思っていたのに。

いつの間にか気がつかないうちに、心身の隅々までオズワルド一色に染められていた。

そして、それが決して不快ではないのだと、やっと気がついたのだ。

「でも王妃様、それは一番肝心な陛下にお伝えせねば意味がありませんよ」

香り高い紅茶のカップを差し出しながら、レイクが恭しく言う。

「だって――きっといつもどおりからかわれるわ。もしかしたら、馬鹿馬鹿しいと言われてしまうかもしれない」

クリスティーナは自信なげにつぶやく。

「でも、いつかご自身のお言葉で陛下に言える時がきますすとも」

レイクの励ますような声に、彼女は含羞《はにか》んでうつむいた。


翌日。

警吏から、獄に繋がれていた間諜の侍女が自分の舌を噛《か》み切《き》って自害したとの報告が、オズワルドの元に届いた。

自身の素性については、彼女はいっさい口を割らないままだった。

新国として生まれ変わったばかりのこの国に、密《ひそ》やかにそして不気味に、諸外国の陰謀の影が忍び寄っていた——。

第五章　奈落の底

日暮れが早まってきた晩夏。

北の新興勢力国ガザム王が、宰相を伴って来訪した。

ガザムは軍事力を急激に伸ばし、周辺の小国を次々配下に収め国力を強めていた。

アルランドとイムルは統合し、大陸一の大国となったが、ガザムの侵攻は脅威だった。国交の開けていないガザムと、今後和親条約を結ぶため、オズワルドが彼らを招いたのだ。

「ガザム王はともかく、宰相のムソリーは冷酷無比な策士だという。事実上国を動かしているのは、宰相であるといっても過言ではない。君はなるだけガザム王と宰相には関わらない方が、安全だ」

ガザム国王と宰相が来訪する前日、寝物語にオズワルドは真剣な声でクリスティーナに忠告した。

「そうは言われても、王妃である立場上、一度は謁見《えっけん》に出ないわけにはいかないわ。あなたと私が揃って、新国は安泰であるというアピールをしたほうがいいと思うの」

クリスティーナはオズワルドの引き締まった胸に寄り添いながら、そう返した。彼はその言葉を少し吟味している風だった。それから、うなずいた。

「君の言うことにも一理ある。大々的な歓迎会を催し、私と君で出来る限りの威厳を見せ、ガザム王と宰相を圧倒してやろう。我が国に付け入る隙はないと、相手に思い知らせ、有利な和親条約を結ぶようにしむけよう」

クリスティーナは顔を紅潮させた。自分がオズワルドの役に立てるということが、ひどく誇らしく思えた。

「私、うんと豪華なドレスを選んでとびきり美しくなって、相手をあっと言わせてみせるわ」

オズワルドは意気揚々とする彼女を、目を眇めて見ている。

「君はこのままが一番綺麗だが、まさか他の者に、一糸まとわぬ君を見せる訳にはいかないしな」

冷やかし気味に言われ、クリスティーナは憤慨した。

「また、そんなふうにからかって――」

オズワルドは遠い目になる。

「君は少し変わったね――子どもの頃は、自分の容姿がひどく恥ずかしいもののように振る舞っていた」

クリスティーナは昔のことを思い出し、少しせつなくなった。

「あなたも私を『幽霊』だなんて、侮辱したでしょう。私は、皆と違って自分の色が白いことがすごく嫌だったのよ」

するとオズワルドは真顔で言う。

「それは――悪かった。あの時は、君があんまり人間離れして、その――綺麗だったから――」

口ごもった彼を、クリスティーナはまじまじと見た。オズワルドは決まりが悪そうに視線を反《そ》らした。

「だって、スカートをめくるなんて無礼なまねをしたわ」

「あれは――ほんとうに人間かどうか、確かめたかったんだ」

彼がわずかに目元を染めている。

「君が人間で、ほっとしたと同時に嬉しかったんだ」

「あなた――私のこと、嫌っていたでしょう？」

言い募ってくるクリスティーナに、オズワルドはきまり悪げにくるりと寝返りを打った。

「それは、君が私のことを嫌ってくるから、つい――」

「え？　私のせいだというの？　それはあんまりじゃない」

クリスティーナは背中を向けた彼に、素肌の身体を押し付けた。

「だから、今、謝罪したろう！」

オズワルドが焦れたように肩を振り、いきなり彼女の方に身体を入れ替えた。そして、そのまま覆《おお》い被《かぶ》さってくる。有無を言わさぬ勢いで唇を奪ってきた。

「ふ……ぁ……ん」

舌先を強く吸い上げられ、言葉を呑み込まれた。

「は……う、ふ……」

呼吸を塞がれ、剥《む》き出《だ》しの胸が大きく上下する。

「まったく——私が欲しいのなら、そう言え」

息を乱したクリスティーナの唇を離し、オズワルドが尊大に言う。

「な、何を言っているの？　話をずらさないで……んんぅ」

言い返そうとすると、再び唇を貪られる。口腔《こうこう》を乱暴に掻き回しながら、オズワルドの手がクリスティーナの乳房を弄る。

「や……あ、ぁ、ん、あん……」

先ほどまで睦《むつ》み合っていたので、熟れた肉体はすぐに熱く昂ってしまう。

「明日は君の腕の見せどころでもある、うんと色っぽくなるように入念に準備してやらねば」

オズワルドは自分に言い聞かせるようにつぶやき、彼女の滑らかな肌に唇を押し付けていく。

「やぁ……ずるいわ……あぁ、ああん……」

もう一歩で、オズワルドの核心に触れそうだったのに――。

巧みな愛撫に身体が甘く蕩け、クリスティーナは官能の波に呑み込まれてしまった。


翌日。

昼過ぎに、ガザム王一行が登城した。

騎馬兵たちに囲まれて、軍事国家らしく鋼で覆われた無骨な馬車で王と宰相が乗り付けた。

ガザム王は茶色い短髪の顔色の悪い痩せた青年だった。礼服が身の丈に合わないよういぶかぶかで、落ち着きのない目で終始辺りを見回し、威厳というものがまるで感じられない。

かたや、ガザム王にぴったり付き添ってるムソリー宰相は、抜け目のない浅黒い顔つきのがっちりした壮年の男で、錦糸縫いの豪奢《ごうしゃ》な衣装を威風堂々と身に纏い、まるで彼の方が王のような姿だった。

「ようこそ遠路はるばる参られた、ガザム王よ」

オズワルドは敬意を表するため、自ら玄関ホールまで足を運び、彼らを出迎えた。

「え、あ――儂《わし》は……」

ガザム王は目を泳がせ、宰相の方に助けを求めるような表情をした。

「これはわざわざ王自ら御出迎《おでむか》えとは、恐縮至極にございます。ガザム4世王と、王の補佐を務めます宰相のムソリーでございます」

ムソリーが王の一歩前に出て、恭しく挨拶をした。

王の前に立つなどで過ぎた振る舞いだが、ガザム王はほっとしたような表情をしている。

オズワルドはちらりと怪訝《けげん》そうにガザム王の顔を窺《うかが》ったが、すぐににこやかになって握手を求めた。

「私は新国アルランド国王オズワルドです。これを機会に両国の親交を深めたいと切に願っています」

おずおず差し出されたガザム王の手をぐっと握りしめたオズワルドの表情が、一瞬はっとなる。が、彼は満面の笑みを浮かべたまま、背後に手招きした。

「王よ、紹介いたします。あれが我が妃《きさき》クリスティーナです」

深紅のシルクドレスに身を包んだクリスティーナが、ゆったりとした足取りで現れた。

銀色の髪を複雑に結い上げ細かいカールを垂らし、小作りの愛らしい顔を縁取っている。完璧な卵形の顔。澄んだアメジスト色の瞳。薔薇の蕾《つぼみ》のような愛らしい唇。デコルテを深くし、真っ白で肌理《きめ》の細かい肌を露出させている。ふっくら膨らませた袖からのぞくすんなりした華奢《きゃしゃ》な腕。ドレープをふんだんに寄せた広がりの美しいスカート。

初々しい美貌に新妻らしいほのかな色気も加わり、気品と輝きに溢れた姿だった。

その場にいるものは全員、感嘆のため息を漏らした。

さらさらと衣擦《きぬず》れの音をさせ手歩み寄ったクリスティーナは、ガザム王とムソリー宰相の前まで来ると、スカートをつまんで深々と優雅に一礼した。

「アルランド国王妃クリスティーナにございます。どうぞお見知りおきを――ガザム国王陛下には、ご機嫌麗しく」

彼女が顔を上げると、ガザム国王は目を見開きぽかんと見惚《みと》れている。挨拶に返事がないので、クリスティーナは戸惑いながらも微笑みを浮かべたまま佇《たたず》んでいた。

ガザム王の傍らにいた宰相が、軽く肘でガザム王を突《つ》ついた。王に対してずいぶん無礼な振る舞いをする、とクリスティーヌは思った。突つかれたガザム王は、びくりと身体を竦め、ぼそぼそとつぶやいた。

「こ、こちらこそ――」

「麗しき王妃様にお目にかかれ、光栄至極だと王は申しております」

宰相が素早く後を引き取った。

クリスティーナはにこやかにうなずき、後ろ歩きでオズワルドの傍らに下がった。

クリスティーナの姿を目で追っていた宰相の顔が、ふいに引《ひ》き攣《つ》った。

「これは――」

彼は低く呻《うめ》くような声出し、まじまじとクリスティーナの方を凝視した。

あくまで家臣である宰相が、そのように不躾《ぶしつけ》に王妃を見るなど礼に反していたが、クリスティーナは引き攣りそうな笑顔を必死で保っていた。

「これは失礼しました――まるで女神のようにお美しいので、つい目をうばわれてしまいました。ご無礼の段、平にご容赦くださいませ」

宰相は取り繕うように頭を下げた。

「さて、別館の最上級の貴賓室にご案内します。今宵《こよい》は大々的な歓迎舞踏会開きます故、それまで、まずはごゆるりと旅の疲れをお取り下さい」

オズワルドはあくまで友好的な態度で、侍従たちに合図してガザム王と宰相を別館へ誘導させた。

彼らが退出すると、にわかにオズワルドの表情が険しくなった。

彼の様子の変化に敏感に気がついたクリスティーナが、気遣わしげに声をかけた。

「オズワルド？」

「さて、私たちも夕刻までひと休みしよう」

オズワルドは彼女の腕を取ると、さりげない表情を作り、二人の私室に向かった。

部屋に入るなり、オズワルドは礼服のままどっかと長椅子に腰を沈め、腕組みした。

沈思黙考している彼の邪魔にならぬよう、クリスティーナは足音を忍ばせてヴェールを脱ぎ、用意されていた冷たい飲み物を盆に載せて運んだ。

「――君は、あのガザム王をどう思った？」

ふいにオズワルドが腕を解き、クリスティーナに向き直った。

「私などの印象で、よろしいの？」

レモネードのグラスを渡しながら尋ねると、オズワルドがうなずいた。

「君は、なかなか人を見る目があると思っているのでね」

「そうね」

オズワルドの側に腰を下ろし、クリスティーナはひと言ひと言言葉を選んだ。

「申し訳ないけれど、とても破竹の勢いで国力を増大させた王とは見えなかった。なんだか宰相の顔色ばかり窺っているように思えたわ」

「そうなんだよ」

オズワルドは我が意を得たりとばかりに、大きくうなずいた。

「私もあの男は王の器には思えなかった。どちらかと言えば、そう——宰相の操り人形、だな」

「操り人形ですって？」

「うん。私は王と握手した時、気がついたんだ。彼は拷問を受けている」

「ええっ？」

クリスティーナは目を見張った。

「こう、爪の間に鋭く細い針を刺す拷問があるんだ。外からはそうたいした外傷に見えないのだが、ひどい苦痛を与えるものだ。彼の爪の間が、どす黒く変色していたのだ」

背中にぞうっと悪寒が走った。

「そ、そんな……王を拷問して、言いなりにさせているというの？　」

青ざめたクリスティーナの肩を、オズワルドがそっと抱き寄せた。

「――あの男は、王その人ではないかもしれない。宰相の傀儡《かいらい》だ――おそらく」

身体が震えてくる。

「で、では、ガザム国王はどうなされたの？」

オズワルドは首を振った。

「わからない。元々あの国は鎖国令を敷いていて守りが厳しく、なかなか間諜《かんちょう》を潜り込ませることができないんだ。ガザム国王の人となりの情報も、ほとんど手に入らなかった。ただ、ムソリー宰相の存在ばかりが、大きく報道されてきた――おそらく、ほんとうの支配者は、あのムソリーに違いない」

平和なイムルやアルランドで暮らしてきたクリスティーナには、血なまぐさい陰謀渦巻くガザムの国情がなかなか頭に入ってこない。

ただ、なにか悪い予感はしきりにした。

「ねえオズワルド。今回の会談や和親条約は、取りやめたほうがよいわ。私、とても危険な気がする」

オズワルドは真摯な目で見つめてくるクリスティーナの頬に、そっと唇を押し付けた。

「大丈夫。招いてしまったからには、相手の逆鱗《げきりん》に触れぬよう振る舞うしかない。まだ国情の落ち着かない我が国が、ガザム帝国と正面切って敵対するわけにはいかないからね。まずはあの食えぬ宰相の腹の内を、じっくり見極めてやる」

クリスティーナは思わず、オズワルドの手に自分の手を重ねた。

「オズワルド、どうか危ない事だけはしないでちょうだい。この国の王はあなただけなのだから」

オズワルドが深くうなずき、微笑んだ。

「もちろんだ。でも、君にそんなに心配されるのなら、こういう状況も悪くないな」

からかわれたと思ったクリスティーナは、耳朶まで血を昇らせて語調を強めた。

「こんな時に茶化《ちゃか》さないで――わ、私はほんとうにあなたのことを……」

オズワルドとぴたりと視線が絡んだ。

「あなたのこと……を……」

心臓がばくばく言い始め、声を失ってしまう。

「ん？」

オズワルドの声は低く甘く響く。彼は視線を外さず、顔を寄せてくる。男の甘い息が頬を擽り、体温が上がってくる。

「どうしたんだ？　続きを言ってくれ」

息が詰まり胸が苦しくなる。彼の手に置いた掌《てのひら》に、じっとり汗をかく。

息をするのも苦しく、気持ちがすうっと遠くなる。

「私……」

と、部屋の扉が外から控え目にノックされた。

「――陛下、お寛ぎのところ申し訳ありませんが、料理長が今宵の歓迎会のメインディッシュについて、緊急にご相談したいと参っております――」

外で待機していたレイクの声だった。

二人は弾《はじ》かれたように顔を離した。

「わかった、今行く。料理長は控えの間で待たせよ」

オズワルドがすくっと立ち上がった。

「君は夜の晩餐《ばんさん》と歓迎舞踏会のために、準備にかかれ」

いつものぶっきらぼうな口調だ。

クリスティーナは顔を伏せ、うなずいた。

「はい」

ほっとしたような気を抜かれたような、複雑な気分だった。

戸口でオズワルドは、レイクに強い口調で言った。

「王妃から片時も離れぬよう。異国の兵士が大勢城中にいる。何ごともなきよう、王妃を警護せよ」

「承知いたしました」

レイクの声に緊張が走った。


晩餐と歓迎会はつつがなく終わった。

ガザム王は終始眠そうにうつらうつらとしており、会話は終始オズワルドとムソリー宰相の間で交わされた。

世間話や国の自慢話をしながら、二人の間には目に見えぬぴりぴりした緊張が走っているのが、側にいるクリスティーナには感じられた。

（オズワルドにあんな話をされたせいかしら――でも、やはりあのガザム王はとても一国の君主には思えないわ）

歓迎会の後、オズワルドと宰相は翌日の正式な会談の打ち合わせをするため、執務室に残り、クリスティーナは先に寝所で休むように言われた。

オズワルドに厳命されたレイクは、寝所のドアの前で寝ずの番をするという。

「ここは私たちのお城の中だもの、そんなに大げさにすることはないわよ」

クリスティーナの労《いたわ》るような言葉に、レイクは首を振った。

「いいえ――私自身も、ガザム国の王が来訪してから、なぜだか胸がざわついてならないのです。どうか、警護させてください」

確かにガザム国王と宰相が登城してから、レイクはひどく落ち着かなく緊張した雰囲気になっていた。

（彼が、ガザム帝国の人間だからかもしれないわ——祖国の人たちを見て、なにか記憶に訴えるものがあるのかもしれない）

そう受け取り、クリスティーナはひとりベッドに潜り込んだ。

今日一日の緊張でなかなか寝付けない。

（オズワルドがなかなか戻ってこない——打ち合わせが相当長引いているのね）

そんなことを考えながら、やがて浅い眠りに落ちていった。

がたん、どさり——。

「曲者《くせもの》——っ」

寝所のドアの外で、くぐもった音と声がした。

クリスティーナははっと目が覚めた。急いで起き上がると、ドアにどすんどすんと人がぶつかる重い音と、剣ががちんと打ち合わさる鋭い金属音が響く。

なにか恐ろしい事態が身に迫っている。

「誰か——！」

クリスティーナはベッドの脇に垂れている、非常用の赤い紐《ひも》を力ませに引いた。城のどこかで、じゃらんじゃらんと甲高い鈴の音が響き渡った。

静寂に包まれていた城内が、にわかに殺気立つ。

廊下でどたどたと複数の足音が立ち、人が争う生々しい息づかいや呻《うめ》き声《ごえ》が入り乱れる。

あまりの恐怖に、クリスティーナは部屋の隅でうずくまりがたがた震え、生きた心地もしなかった。

「クリスティーナ、無事か！」

がちゃがちゃとドアの鍵が外される音と共に、オズワルドが飛び込んできた。

手に剣を握り、顔色が紙のように白い。

彼の姿を見たとたん、クリスティーナは全身に熱い血潮が巡るのを感じた。

「オズワルド！」

夢中で彼の胸の中に飛び込んだ。

「ああ、無事だな。よかった！　曲者は逃げたよ」

彼の引き締まった腕が、ぎゅっと強く抱きしめてくる。

「オズワルド、怖かったわ、オズワルド……」

クリスティーナはオズワルドにきつくしがみつき、安堵《あんど》の涙を流した。

「レイクが身を挺して君を守ってくれた」

オズワルドの言葉にはっとなる。

「彼は？　レイクは無事？」

「――ここに――王妃様」

落ち着いた声がし、戸口にレイクが跪《ひざまず》いていた。

額にスカーフが巻かれ、血が滲《にじ》んでいた。

「ああ、レイク、怪我《けが》を――大丈夫？」

クリスティーナの気遣わしげな声に、レイクがうなずく。

「いきなり暗がりから斬りつけられまして、油断しました――が、すぐ体勢を建て直し応戦しました――王妃様がとっさに緊急紐を引いて救援を呼んでくださいまして、助かりました」

オズワルドが怒りを抑えた顔で言う。

「曲者はまんまと逃《に》げ果《おお》せてしまった――覆面をしていて、どこの国の者かも確認できなかった。なぜ王妃である君を襲ってきたのかもわからない。ひょっとしたら、寝所に私がいると踏んできたのかもしれないな。閨《ねや》を襲えば、無防備だからな」

背中がぞうっと震え上がった。

もしオズワルドと共に閨を襲われ、目の前で彼が命を落とすことにでもなったら――想像するだけで心臓が締めつけられ息が詰まった。

「あ、ああ……オズワルド」

爪が食い込むほど強く彼の腕にしがみつく。オズワルドが吐き捨てるように言う。

「ガザム国王一行を迎えたその晩に、この騒ぎだ。予想以上に、ガザム国のやり方は荒っぽいな」

クリスティーナはまだ震えがおさまらないまま、尋ねた。

「ガザム国の、策略なの？」

オズワルドはさらに彼女の身体を引き寄せ、低い声で答えた。

「確証はないが、そう考える方が妥当だろう」

大胆不敵で容赦ないガザム国のやりくちに、クリスティーナは心底恐怖を感じた。

「――陛下、城中くまなく捜査しましたが、残念ながら曲者は見当たりませんでした」

警固兵の一人がそう報告しにきた。

「そうか――城の警備を倍に増やせ。特に我々の使う部屋には、厳重な警護をつけるんだ。ガザム国王一行が宿泊してる別館の警戒も怠るな。ガザム側には、決して動きを気取られるな」

オズワルドはてきぱきと指示を飛ばすと、レイクに声をかけた。

「レイク、君に話がある。第二執務室に来てくれ」

「かしこまりました」

レイクが立ち上がり、出て行った。

「さあ、君はもう一度、お休み。警備を厳重にしたから、もう心配ない」

オズワルドがそっと、抱いていた腕の力を緩める。

「いや、いやよ、一人にしないで……っ」

残されると思ったクリスティーナは、必死でオズワルドにしがみついた。事態の収拾を図る立場の彼を、引き止めることなどできない——そう頭ではわかっていたが、まだ騒ぎの血なまぐさい空気が漂っているこの部屋に、ひとりきりになるなんて到底できそうになかった。

「落ち着いて、クリスティーナ。私が必ず君を守るから。約束するから、大丈夫だから——」

オズワルドが赤子をあやすように、背中を優しく撫でてくれる。その掌の温かさに、涙がでるほど嬉しい。

「いやよ、いや……あなたと一緒がいい……！」

わがままだと知っていても、今彼と離れることは身を切られるくらいに辛かった。

「クリスティーナ——クリスティーナ」

ふいに感極まったようにオズワルドがぎゅっと抱きかかえてきた。そのまま唇を奪われる。

「ん……っ」

彼が晩餐に嗜んだ芳醇なワインの味が、かすかに口腔に広がった。

男の熱い舌が唇を割って忍び込んでくると、甘い痺れに背中が疼く。

「は……ふ、んんっ……」

思わず綻ぶように彼の舌に自分の舌を絡み付けていた。熱を込めて彼の口腔にまで、舌を差し入れる。それを迎え受けた彼の唇が、強く吸い上げてくる。

「……はぁ、あ、んんぅ……」

艶かしい鼻声を漏らし、うっとりと口づけを甘受する。

クリスティーナの口腔を存分に味わったオズワルドは、静かに顔を離した。濡《ぬ》れた二人の唇の間に、銀色の唾液の糸が尾を引いた。

オズワルドはクリスティーナの頭を愛《いと》おしげに抱えると、戸口の兵士たちに背中を向けたまま命じた。

「――レイクに半刻ほど待つように伝え、お前たちは扉の外の守りを固めよ」

「――はっ」

扉が静かに閉まると、オズワルドはクリスティーナの小さな顔を両手で包み込むようにして、自分に向かせた。彼はひたと彼女の瞳を見つめ、一言一言を噛《か》み締《し》めるように言った。

「クリスティーナ、私と結婚したばかりに、君を危険な国際陰謀に巻き込んでしまうことになった――ほんとうにすまないと思う。許してくれ」

クリスティーナは胸に迫るものがあった。今まで彼女が妻になるのを当然のことのように振る舞っていたオズワルドが、こんな言葉を口にするなんて――。

クリスティーナは、目に涙をいっぱいためて答えた。

「なぜ謝るの？　私はあなたと結婚した時から、この国の王妃としての覚悟はしてきたわ。国のために命を差し出したの。あなたの妻になったことを、後悔なんかしない」

本心は、命を失うかもしれないことには腹の底から込み上げる恐怖があった。

だが、後悔はしていない。

オズワルドが今まで見たこともない悲痛な表情をした。

「君はなんて健気《けなげ》なんだ——だが、私は後悔している」

「え？」

一瞬心臓が抉られたように痛んだ。

だが次の熱い口づけとともに吐き出された言葉に、身も心も蕩《とろ》けて灼き尽くされた。

「君を失うことは、私の命を奪われることより辛いんだ」

そのまま激しく唇を貪られる。

「ふ、あ……オズワルド……ん、んぅ……っ」

激しい官能の炎が全身に広がり、頭がぼんやりしてくる。

(今の告白……もしかして、オズワルドは私を……？)

問いただしたい言葉は、情熱的な口づけとともにオズワルドに呑《の》み込《こ》まれてしまう。

「く……ふぅ、は、はぁ……」

オズワルドの舌が口中をくまなく舐《ねぶ》り、唾液をくちゅくちゅと掻き回すように舌同士を擦り付けてくると、頭の芯がしびれてぼうっと思考があやふやになってしまう。

顔の角度を変え、何度も深い口づけを繰り返しながら、オズワルドの手が乳房を弄ってくると、じわっと妖しい疼《うず》きが下腹部に迫《せ》り上《あが》り、あっという間に秘所が潤んでしまう。

「あ、はぁ、あ、オズワルド……」

息も絶え絶えになり、クリスティーナは上気した顔でオズワルドを悩ましく見上げる。

「君が欲しい——今すぐ」

彼も欲情した切羽詰まった表情で見返す。

「あ、ああ、私も……」

互いの異様な昂《たかぶ》りに煽《あお》られ、二人の体温が上昇していく。

「時間が惜しい——このままで」

オズワルドは壁際にどん、とクリスティーナの身体を押し付け、スカートを性急に捲《めく》り上《あ》げる。ドロワーズをむしり取るように引き下ろされると、あまりの興奮にクリスティーナの下肢がぶるっと戦慄《わなな》いた。

そろっと男の長い指が秘裂をまさぐると、とろとろと愛蜜が滴った。

「もう——こんなに濡らして」

オズワルドが深いため息をつく。そのせつない息づかいにすら感じ入ってしまい、さらに淫らな蜜が溢《あふ》れてしまう。

オズワルドはもどかし気に自分の前立てを緩めると、彼女のすらりとした片脚を抱え上げ、そのまま腰を押し付けてきた。

すでにがちがちに硬直した先端が、待ち焦がれて花開いている淫唇にぐっと押し当てられると、それだけでじぃんと子宮が痺れ、思わず甘い悲鳴が漏れた。

「はぁあっ」

獰猛《どうもう》な剛直が熟れた媚襞を押し開いて、貫いてきた。あっという間に達しそうになり、クリスティーナは全身を波打たせて喘《あえ》いだ。

「ああ——絡み付いて——私を待ち焦がれていたね」

根元まで深々と肉胴を埋め込んだオズワルドは、細い首筋に熱い息を吹きかける。

「オ、オズワルド、は、早く……」

クリスティーナは声を震わせ、彼の首に両手を回して引きつけた。

「わかっている——時間が惜しい」

オズワルドががつがつと激しく突き上げてきた。

「あぁあ、あ、は、激しい……っ」

骨の髄まで蕩けてしまいそうな強い快感に、クリスティーナはしどけなく身悶《みもだ》えた。

きゅうきゅうと膣襞が収縮し、膨れ上がった肉茎をきつく咥《くわ》え込む。

「っ——締まる——たまらないな」

くるおしげに浅く呼吸しながら、オズワルドはずんずんと最奥まで抉《えぐ》ってくる。

「ひ、はぁ、あ、だめ……壊れて……しまう……っ」

歓喜に沸き立つ媚壁を、熱く脈動する屹立《きつりつ》が押し開くように抜き差しを繰り返すたびに、膨れた鋭敏な秘玉を擦り上げられ、どうしようもない愉悦に嬌声が止まらない。

「あぁ、あ、はあ、あぁ……」

紅唇を大きく開き、身体を波打たせて仰け反ると、オズワルドが腰を繰り出しながら噛《か》み付《つ》くような口づけを仕掛けてきた。

「うぁむ、ふ、は、ふぅ……っ」

クリスティーナも夢中になって彼の舌を吸い上げる。互いの息も喘ぎ声も奪い合う。舌先がじんと痺れ、妖しい興奮にさらに拍車をかけくる。

「クリスティーナ――あぁクリスティーナ」

溢れた唾液を啜《すす》り上《あ》げ、唇を幾度も貪りつつ、オズワルドの腰の抽送は勢いを増していく。

「オ、ズワルド、ふ、深い……あぁそこ、だめぇ……っ」

嵩高《かさだか》な亀頭が、最奥の感じやすい部分を捩《ね》じ込《こ》むように突き上げ、頭に愉悦の火花が何度も煌《きら》めく。

「ここか？　ここがいいんだね、クリスティーナ」

彼女のあられもない乱れ方に、オズワルドはさらに腰を押し付けてぐりぐりと捏《こ》ね回《まわ》す。

「……んんぁ、あ、感じる……あぁ、奥が蕩《とろ》けて……」

男の欲望の滾《たぎ》りが、激しく揺さぶってくる。

「あ、あっ、達……く、あぁ、達っちゃう……」

最奥を一打ちされるごとに、下腹部が灼《や》け付くように震え、短く鋭い絶頂が間断なく襲ってくる。

「──何度でも──あげよう」

情熱的に肉棒が突き上げては素早く亀頭の括《くび》れまで引《ひ》き摺《ず》り出《だ》され、再び最奥までずんと挿入される繰り返しに、身体ががくがくと痙攣《けいれん》した。嬌声を上げ過ぎて咽喉が嗄《か》れ、ひゅうひゅうとせわしない呼吸音だけになる。

「ひ、あ、は、はぁ、ああ、も……う、もうっ……っ」

何度目の絶頂を極め、クリスティーナは息も絶え絶えになり朦朧《もうろう》とした表情でオズワルドに訴える。

「も……お願い……一緒に……っ」

「──いいとも」

オズワルドは彼女の腰を抱え上げると、力任せに腰を繰り出した。

「ん、んんぅ、あ、あ、も、あ、達く……あぁっあ」

激烈な快感に、意識がふわりと飛んでいきそうだ。舌の呂律《ろれつ》が回らなくなり、獣のような悲鳴を上げ続ける。

「あ、ゆるして……もう、ああ、お願い……だめ、だめぇ、だめえっ……」

「──クリスティーナっ」

オズワルドの知的な額から飛び散った汗が、絶叫するクリスティーナの頬に滴《したた》る。

「──っ」

男の腰が動きがふいに止まり、最奥で肉棒がぶるっと震えた。刹那、熱い飛沫《しぶき》が子宮口へ激しく放たれる。

「あ、ひあぁあ、あぁあぁ……」

互いの身も心もひとつに溶け合うようなこの瞬間が、クリスティーナには至福の時だ。

最後の絶頂に、息が詰まりぴーんと爪先まで硬直する。

「……はぁ、は……あぁ……ぁ」

やがてぐったりと弛緩《しかん》したクリスティーナは、しどけなくオズワルドの胸に倒れ込んだ。

「──大丈夫か？　ちょっと激し過ぎたか？」

意識朦朧《いしきもうろう》としている彼女の身体を抱きしめ、オズワルドが気遣わしげに言う。

「……いいえ……」

達した直後の、何も考えらない浮遊感がたまらなく好きだ。

王とか王妃とか、国同士の権力抗争とか、暗殺事件とか──浮き世の重苦しいしがらみすべてが消滅するこのひとときが、とても愛おしい。

オズワルドはクリスティーナの身体を軽々と横抱きにすると、ベッドに運んだ。

そっとシーツの上に彼女を横たえ、額にほつれた髪の毛を撫《な》で付《つ》けてくれる。

「これで――少しは眠れそうか？　私は少しレイクと話すことがある。後で必ず戻ってくるから、ちゃんと寝《やす》むんだ」

まだ愉悦の余韻の酔いが覚めないクリスティーナは、素直にうなずいた。

「はい」

オズワルドは苦笑する。

「いつもそんなふうに素直だと、私も扱いやすいのだがな」

我に返ったクリスティーナは、ぱっと赤面した。

「な、なによ――いつもは私が扱いにくいみたいに言わないでっ」

彼が声を上げて笑った。その爽やかな笑い声に、胸がきゅんとときめき、我ながら驚く。いつもは彼に笑われると憤慨したものなのに――。

「普段の君に戻ってきたな――では私は行く」

オズワルドが立ち上がった。歩き出したその背中に、とっさに声をかけた。

「気をつけて……絶対に戻ってきて」

肩越しに振り返ったオズワルドは無言で微笑み、そのまま寝室を出ていった。

上掛けを肩まで引き寄せ、クリスティーナは深呼吸した。

（大丈夫、オズワルドなら――きっとすべてはよい方向に行くわ）

だが――翌日早朝。

北の国境で、小部族による反乱が起きたとの早馬の連絡が、城に飛び込んきた。

その勢いは思いのほか大きく、反乱軍はアルランド国内に侵入しつつあるという。

「ガザム王を招いての、この大事な時に――」

報告を受けたオズワルドは、奥の間の玉座で苦悩の表情を浮かべた。

隣に座していたクリスティーナは、思わずオズワルドの肩に触れた。

「オズワルド……」

と、ふいに低いがよく通る声が政務室に響いた。

「アルランド王よ、我々のことはお気になさらず、まずは内乱制圧に向かわれるべきです」

オズワルドとクリスティーナと重臣たちが、はっと声のする方に目をやる。

戸口にガザム王とムソリー宰相が立っていた。声の主は宰相だった。

ガザム王はおどおどして、宰相の後ろに隠れるようにしてうつむいている。

「事情は伺いました。我が王も、そのようにされよと仰せです。なに、国境の小競り合いなど、王たるあなたが現れればあっという間に収まりましょう。私どもは、それまで大人しくこの城でお待ちしておりますとも」

よどみなく言うムソリー宰相を、オズワルドが厳しい顔つきで凝視した。

だが聞き終わると彼は、爽やかな笑顔を浮かべた。

「なんたる寛容なお言葉でしょう。心より感謝します、ガザム王よ」

「あ、ああ――どうも」

ガザム王は居心地悪そうにもじもじした。

「では三日の猶予をください。三日で内乱を鎮圧し、ここへ戻って参ります」

オズワルドは立ち上がり、ゆっくりとガザム王に歩み寄った。

「わかりました、アルランド王。お待ちしましょう」

ガザム王の代わりに、ムソリー宰相が返事をした。

「感謝します。後はうちの官房長官に任せるので、どうぞごゆるりとお過ごしください」

オズワルドは視線はムソリー宰相に固定したまま、ガザム王に握手した。

その様子を、クリスティーナは黙って見つめていたが、胸の中は不安で張り裂けそうだった。

(国境で内乱――こんな大事な時期に、まるで謀ったように……オズワルドが出立してしまう
……私は、どうしたらいいの?)

握手を終えたオズワルドが、さっとクリスティーナに顔を向けた。

「では王妃よ、そなたに留守居を頼む」

彼の視線は、有無を言わせない強いものがあった。

そんなにも決然としたオズワルドは、見たことがなかった。

(私一人残るなんて、怖くて不安でたまらないわ……でも、オズワルドの方がずっとずっと辛いはず。私が弱音なんかみせてはだめ)

「わかりました──安心してお出かけ下さい」

クリスティーナはきっぱりと答えた。

オズワルドがこっくりとうなずいた。

「レイク、お前を王妃直属の特別補佐官役に命ずる。王妃の補佐をしっかり頼む」

彼は隅に控えていたレイクに声をかけた。

レイクは頭を深く下げて答えた。

「御意」

ムソリー宰相が、さっと鋭い目つきでレイクを睨《にら》んだ。一介の侍従に大任を負わせることを、いぶかしげに思ったのだろうか──クリスティーナはそう解釈した。

だが彼女にしてみれば、今やレイクは心強い部下だ。彼に何度も命を救われたことを思えば、オズワルドの任命はもっともなことだと思われた。

「では、参る」

さっとオズワルドが立ち上がった。

クリスティーナも素早く席を立ち、胸の前で両手を組んだ。イムル国の厄除《やくよ》けのおまじないだ。

「御武運を」

オズワルドの表情が柔らかく解ける。

「うん」

彼の手が、そっとクリスティーナの頬《ほお》を撫でた。

その温かい指の感触に、胸がせつなく締め付けられた。

小部隊を引き連れ武装したオズワルドが城を出立したのは、それから一刻後のことだった。

クリスティーナは城の屋上から、オズワルドの部隊を見送った。

先頭の旗手のすぐ後ろの、見事な白馬に跨《また》がった青い軍服姿のオズワルドは、惚《ほ》れ惚《ぼ》れするほどに勇ましく美麗だった。

「ああどうか——彼に何ごともありませんように」

手をちぎれるほど振りながら、クリスティーナは部隊の最後尾が地平線の向こうに見えなくなるまで見送っていた。

隊の姿が消えても、しばらく立ち尽くしていた。

結婚して以来、オズワルドとこんなにも距離を置いて離れるのは初めてだった。そして彼が側にいないことで、これほどまでに寂しく頼りない気持ちになるのだと、初めて知ったのだ。

（いつもオズワルドは私の側にいて、意地悪を言ったりからかったり、思いがけなく優しくし

てくれたり――それがいつの間にか当たり前になっていたんだわ）

「王妃様、風が冷たくなってまいりました。そろそろ、城内にお戻りになられた方がよろしいです」

背後に待機していたレイクが、控え目に声をかけた。

はっと気がついたクリスティーナは、のろのろと振り返った。

「そうね、もう戻らないと――」

彼女は言葉を飲み込んだ。

屋上へ上がる階段口に、数人の人影を認めたのだ。

「誰？」

レイクがぱっと振り返り腰の剣の柄に手をかけ、瞬時にクリスティーナの前に立ちふさがるようにした。

「これは――王妃様、お見送りご苦労でございます」

耳障りな低い声は、ムソリー宰相のものだった。

屋上に入ってきたムソリー宰相の背後に、武装した兵士が幾人も付き従っていた。

クリスティーナは胸騒ぎがしたが、なるだけ落ち着いた声を出そうとした。

「宰相殿、なぜ我が城で兵を武装させているのですか？」

ムソリー宰相は口の端を持ち上げて、にやりとした。

「いや、こう物騒な事態になりましたからには、こちらも自衛せねばならぬと思いましてな」

クリスティーナは震えそうになる膝に力を込め、キッとムソリー宰相を睨んだ。

「友好条約のために招待されている相手国の城内で、勝手に武装するなど、こちらに敵意を持っているという意思表明としか思えません」

ムソリー宰相は、感心したような表情になった。

「おやおや――さすがに元イムル国の皇女殿下だ。なかなかに頭の回転がよろしい――確かに」

ふいにムソリー宰相が片手を上げた。

背後にいた兵士たちが、さっと左右に広がった。

「王妃様、後ろへ！」

レイクがすらりと腰の剣を抜いた。

クリスティーナは心臓が縮み上がった。

「最初から、友好条約を結ぶ気などなかったのね！」

ムソリー宰相が野卑な笑い声を立てた。

「ふはは――いくら賢い王とはいえ、まだまだ経験不足。偽の反乱情報に惑わされ、城を空けてしまうとは、愚かなことだ」

「で、では北の国境での反乱というのは――」

愕然《がくぜん》とするクリスティーナに、ムソリー宰相は目を細めてうなずく。

「ガザム側が流したデマですよ。王を不在にさせたかった。これこそ千載一遇の機会だ」

恐怖に真っ白になったクリスティーナの脳裏に、ひとつの疑問が浮かんだ。

(でも、アルランドを滅ぼすつもりなら、まずオズワルドを狙うはずだわ。なぜ、王妃である私を襲うの？)

すると、まるで彼女の心中を読んだかのように、レイクが冷静な声でムソリー宰相に言った。

「ムソリー、王妃様は関係ない。見逃して差し上げろ」

ムソリー宰相がぎょっと目を剥《む》いた。

クリスティーナもはっとして、レイクを見た。彼の声色に、いつもと違う雰囲気を感じたのだ。

そこには従者レイクではない、なにかもっと威厳と気品に満ちた青年が立っていた。

「お——前……よもや？」

ムソリー宰相の表情が歪《ゆが》む。

レイクがすっと一歩前に出て、堂々と胸を張った。

「そうだ、私はすべてを思い出した。宰相、貴様の企ては失敗したのだ」

ムソリー宰相の顔色がみるみる土気色になる。

「く——こ、殺せ！　あの男の息の根を止めろ！」

兵士たちが剣を抜き、いっせいに前に進んできた。

その時、クリスティーナは彼らの狙いが自分ではなく、レイクにあることを理解した。

剣を構えたレイクが、背中を向けたまま怒鳴った。

「王妃様、ここは私が引き受ける。あなたはお逃げなさい！」

「っ――レイク……っ」

恐怖と衝撃で身体が凍り付いたように動かない。

レイクは最初に襲いかかってきた兵士を、一刀の元に斬り捨てた。

見事な剣さばきだ。

兵士たちに一瞬動揺が走る。彼らの動きが止まった。

「な、なにを狼狽《うろた》えている、相手は一人だぞ、さっさと始末するんだ！」

ムソリー宰相が喚《わめ》いた。

「――始末されるのは、お前の方だ宰相」

冷ややかだが艶っぽい声がした。

クリスティーナははっと目を見開いた。

「オズワルド！」

オズワルドがムソリー宰相の背後から彼の首を締め上げ、鋭い剣先をその喉元に突きつけていた。出兵した時の軍服姿だ。

「ぐ……っ、貴様……？」

ムソリー宰相が息の詰まった声を出す。

オズワルドは冷徹に言い放った。

「経験値の足りない若造だが、貴様より知恵は回るのだ。兵士たちに武器を捨てるように言え。さもないと、私の剣は容赦なく貴様の首を落とす」

ぞっとするほど真剣な声に、ムソリー宰相の全身ががたがたと震えた。

「み、皆、武器を捨てよ」

ムソリー宰相の命令に、兵士たちは無言で剣を床に落とした。

そこへ、アルランド兵の一人に小突かれながら、両手を括《くく》られたガザム王が入ってきた。

兵士が言う。

「陛下、この男が全部白状いたしました。陛下のおっしゃる通りでした」

ガザム王は、ぼろぼろと涙と鼻水をこぼし、みっともないほどすくみ上がっている。

ムソリー宰相がぎろりとガザム王を睨《にら》みつけた。

「お、前――裏切ったのか⁉」

その凄《すさ》まじい形相に怯《おび》えたのか、ガザム王はへなへなとその場にへたり込んだ。

「うわぁあ、お許し下さい。私は、一介の貴族に過ぎません。無理矢理、ガザム王の身代わりにされたのです。ほ、ほんとうの王は、そこにおられます――」

ガザム王の傀儡だった男は、ぶるぶる震える指でレイクを指差した。

クリスティーナは茫然《ぼうぜん》とした。

「え？　レイク……が？　なんですって？」

剣を静かに鞘《さや》に納めたレイクは、振り返ると優雅に一礼した。

「王妃殿下、ご挨拶が遅れて誠に失礼いたしました。私が、ガザム第四代国王クラウドです」

まだ事態が呑み込めず、ぽかんとしてしまう。

「レイク、あなたが国王……？」

「そうだ、彼はこのムソリー宰相の奸計《かんけい》にはまり、暗殺されかけたんだ。崖から突き落とされ河に落ち、湖まで流されてきたんだ。あやうく命を落としかけた」

オズワルドが口を挟んだ。

レイク――いや、ガザム国王クラウドがうなずいた。

「そうです。命を失うはずだった私を、あなた方が助けてくださった。その時のショックで、記憶を失ってしまった私を――得体の知れないはずの私を、親切に面倒を見てくださった」

「そうだったの……」

それで最初の謁見のとき、ムソリー宰相がクリスティーナの見て顔色を変えたのだ。彼は彼女の後ろに控えていたクラウドの姿を見たのだ。殺したはずの王が生きていて、王妃の侍従になっている。さぞや彼は驚愕《きょうがく》したろう。

クリスティーナの寝所を襲撃させたのも、狙いはもともと見張り番をしていたクラウドの方だったのだ。

すべてが腑《ふ》に落ちたが、まだ疑問はあった。

「オズワルド、あなた、レイクがクラウド王とだと、いつ気がついたの？」

オズワルドが答える。

「彼の物腰から、ただの人間ではないとは思っていた。だが確信したのは、私を襲ったおそらくガザムの間諜であろう女が、彼を見て驚愕した素振りをしたからだ。それ以来、私はもしかしたら彼がガザム王ではないか、と推測していた。そして先日この宰相が、君の背後に控えている彼の姿を見て、ひどく動揺したのを見た。そして、同時にレイクが、何かを思い出したかのような表情になったのにも気がついた」

クラウドがうなずいた。

「ええ、以前女の間諜を見た時から、記憶が徐々に戻っていたのです。あの間諜こそが、私を誘惑して崖から突き落とした本人でしたから。ムソリー宰相と顔を合わせた瞬間、すべての記憶が蘇りました」

「それで、私は彼と二人きりで、一晩かけて計画を練った。ムソリー宰相の思惑はすべて見切っていた。おそらく、まず私を城から遠ざけ、先にクラウドを完全に排除することから始めるだろうと。その後、手薄になった城を落とし、アルランド国を混乱に陥れ、一気に征服する腹だろうと。だからうまうまと、宰相の企《たくら》みに乗った振りをしたのだ。出兵すると見せかけ、すぐに引き返して、偽のガザム王を捕らえ、すべてを自白させた」

傀儡《かいらい》だった偽のガザム王の男は、おいおいと泣き伏している。

「ムソリー宰相、貴様の引き連れて来た軍隊は、すでに全員武装解除させてある。もはや、貴様の味方はいない。観念しろ」

オズワルドの厳粛な言葉に、ムソリー宰相はぎりりと歯噛《か》みした。それから吐き出すようにひと言つぶやいた。

「無念――我が野望破れたり」

クラウドがもの悲しげに、ムソリー宰相に声をかけた。

「宰相――私はお前を自分の右腕のように思っていた。お前は幼い頃から、私の有能な家庭教師ではなかったか。なぜこのような謀反を起こす気になったのだ？」

ムソリー宰相が冷笑した。

「は、祖父の政治的失脚以来、冷や飯を喰《く》らわされてきた我が家の屈辱など、あなたは知る由もないだろうよ。私は権力を手に入れるためなら、どんな汚い手でも使ってきたんだ」

ムソリー宰相を取り押さえていたオズワルドの腕に、ぐっと力がこもった。

「よもや――我が父王と先のイムル国王を謀殺したのも、お前か⁉」

ムソリー宰相は口元を歪めて、薄ら笑いを浮かべてみせた。

ふいにオズワルドが、彼を乱暴に突き飛ばした。

よろよろと床に手を付いたムソリー宰相の背中に向け、オズワルドは無言で剣を振り上げた。

「よくも我が父を——そして私のクリスティーナを——王妃を襲わせたな、許せん！」

彼が一刀両断のもとに、剣を振り下ろそうとした刹那、

「だめっ、オズワルド、やめて！」

クリスティーナがとっさに前に飛び出した。

ぴたりと彼の剣先が止まる。

クリスティーナは、夢中でオズワルドの腕にしがみついた。

「だめ！　国王であるあなたが、私怨で人を裁いてはいけないわ。お願い、無闇に人を殺したりしないで。冷静になってちょうだい！」

「クリスティーナ——君……」

血の気の失《う》せていたオズワルドの表情から、なにか憑《つ》き物《もの》が落ちたようになった。彼はゆっくり剣を降ろした。

「——君の言う通りだ」

クリスティーナはほっと胸を撫《な》で下《お》ろし、床に這《は》いつくばってがたがた震えているムソリー宰相の肩にそっと手を置いた。

「さあ、あなたも一国の宰相らしく、粛々と罰を受けてください」

「王妃様――なんという慈悲に満ちたお言葉……」

ムソリー宰相がふらふらと立ち上がる。

と、彼は電光石火の早さで懐《ふところ》に手を潜り込ませ、短剣を取り出した。

「哀れみなど無用――死ね！」

彼が短剣をクリスティーナに突き出した。

「ああっ？」

クリスティーナは恐怖で身体が硬直して、動けなかった。

「クリスティーナ！」

素早く彼女の身体を引き寄せたオズワルドは、とっさにかばうようにクリスティーナの身体を抱え込んだ。

どすっ。

オズワルドの胸に顔を押し付けていたクリスティーナは、彼の背中に鈍い音で短剣が突き刺さる衝撃を感じた。

「っ――」

オズワルドが彼女を抱きしめたまま、ぐらりと体勢を崩した。

「オズワルド⁉」

彼もろとも床に倒れ込んだクリスティーナは、引き裂くような悲鳴を上げた。

「ムソリー！」

剣を構えたクラウドが、柄でムソリー宰相の眉間を強く打った。ムソリー宰相はものも言わずばたりとその場で気絶した。

「宰相と偽物の王を逮捕し、獄に繋げ！」

クラウドの威厳ある声に、アルランド兵士たちは素早く的確に動いた。

「オズワルド、オズワルド、しっかりして！」

彼の腕から這《は》い出《で》たクリスティーナは、ぐったりしたオズワルドの身体を抱き起こそうとした。彼の背中に短剣が柄まで通っている。

それを見た瞬間、絶望感で頭が真っ白になった。

「――クリスティーナ、怪我は？」

オズワルドがか細い声を出した。

「わ、私は傷ひとつないわ。オズワルド、今すぐ医者を……」

泣きじゃくりながらしがみつくクリスティーナの頬を、オズワルドはそっと撫でた。

「よかった――君が無事で」

クラウドが指示を出したらしく、ばたばたと担架を担いだ兵士たちが到着し、オズワルドをそっと載せた。オズワルドは目を閉じたまま動かなくなった。

「急ぎ、アルランド王を医師にみせよ」

クラウドの命令に、担架が慌ただしく階下に運ばれる。

「オズワルド、オズワルド！」

担架を追おうとしたクリスティーナの腕を、そっとクラウドが引き止めた。

「王妃、一国の王の妻であるあなたが、ここで取り乱してはなりません。アルランド王もそんなことは望んではいないでしょう」

クリスティーナははっとした。

『王妃よ、そなたに留守居を頼む』

『安心してお出かけ下さい』

出立前の会話がありありと頭に蘇《よみがえ》る。

（そうよ——私はオズワルドと約束したのだわ……）

クリスティーナはぎゅっと拳を握りしめた。

「レイク——クラウド陛下、私はどうしたらいいでしょう？　どうか、助言を頂ければ」

クラウドが真摯な声で答えた。

「まず、城に残っているかもしれないムソリー宰相の息のかかった兵士どもを、すべて捕らえねばなりません。彼らのことは、私が裁きます。その後に、私は正当なガザム国王として、再度この国との友好条約の話し合いの席に着くことを、誓います」

クリスティーナは深くうなずいた。

彼女は凛《りん》と表情を引き締め、周囲の兵士たちに命令した。

「警護《けいご》兵全員に告げなさい。城内外を捜索し、ムソリー宰相と共に来訪したすべての人間たちを捕らえるように、と」

「御意！」

兵士たちは一糸乱れぬ動きで、その場を素早く立ち去った。

立ち尽くしているクリスティーナに、クラウドが丁重に腕を差し出した。

「さあ、王妃様。国王陛下の元へ参りましょう。不肖ながら、ガザム国王クラウドめがお伴いたします」

クリスティーナは、くっと顎を引き胸を張った。

城内の者たちの前で、狼狽《うろた》える姿を見せてはならない。

「わかりました、参りましょう」

だが実際は、オズワルドのことが心配のあまり、足ががくがくしてとてもまともに歩けなかったのだ。察しのいいクラウドが腕を貸してくれたのだ。

（ああオズワルド、オズワルド、どうか無事でいて！　神様、どうぞあの人を助けてください！）

クラウドに支えられるようにして、階下の医務室に向かう道中、クリスティーナは胸の中で必死に祈っていた。

第六章　心のままに

城内外のムソリー宰相の息のかかった者たちは、すべて捕縛された。

記憶を取り戻したクラウドが、クリスティーナを補佐して事後処理をてきぱきと指示してくれた。

そして、深夜――。

クリスティーナは、王室専用の医務室の控えの間に待機していた。

オズワルドの傷が深いということで、彼に会わせてもらうことができないままだった。居ても立ってもいられず、狭い控えの間をうろうろと歩き回っていた。

先ほど、クラウドがオズワルドに呼ばれて医務室に入っていった。それきり、医務室の中は静まり返り、クリスティーナは不安に震える胸を抱えたまま、医務室の扉をじっと見つめていた。

（どうしよう――オズワルドに万が一のことがあったら……）

自分の方が生きた心地がしなかった。

(このまま彼になにかあったら……私はあの人に、自分の心の内をなにも告げずに終わってしまう)

オズワルドが自分をかばい、命の瀬戸際にいるという状況になって、クリスティーナは初めて自分の本当の気持ちに気がついたのだ。

子どもの時から、大嫌いだった王太子。

政略結婚だからと、しぶしぶ結ばれたはずだった。

結婚しても、諍《いさか》いや憎まれ口ばかりきいていた。

なのに——。

オズワルドを失うかもしれないというこのときに、心に溢れるのはせつないくらいの恋しい感情だった。

オズワルドさえいればいい。

オズワルドがずっと自分の側にいてくれれば、他になにもいらない。

オズワルドがいなくなるなんて、想像することもできない。

(私……私ったら、なんて愚かな……なんてつまらない意地を張って……)

後悔の涙が溢れてくる。

と、静かに医療室の扉が開き、クラウドが姿を現した。

「ああ、クラウド陛下、オズワルドは？　あの人は？」

必死の形相で駈《か》け寄《よ》ったクリスティーナに、クラウドは青ざめた表情で言う。

「もはや一刻の猶予もありません。王妃様、なにか彼に言い残すことがあれば、今すぐ告げにいってください」

「そ、そんな……！」

あまりの衝撃で頭から血の気が引き、気を失いそうになる。

オズワルドが危篤――。

クリスティーナはクラウドを押しのけ、夢中になって医療室に飛び込んだ。

薄い紗幕で覆われたベッドの上に、寝間着姿のオズワルドが仰向《あおむ》けに横たわっている。側に付いていた医師と看護師は、クリスティーナが入ってくると頭を下げてその場を去った。

「オズワルド……」

紗幕を引き上げ、そっと名前を呼ぶ。

長い睫毛《まつげ》の影を落として目を伏せているオズワルドは、ぴくりとも動かない。長い黒髪が枕に広がり、青白い顔はぞっとするほど美しい。

クリスティーナは、心臓が抉《えぐ》り取られるような胸の痛みを感じた。

「ああ……オズワルド、ごめんなさい！　私のために、こんないたわしい……」

枕元に跪《ひざまず》き、オズワルドの手を握る。わずかに温《ぬく》もりが感じられた。

クリスティーナは彼の手に何度も口づけし、涙をぽろぽろとこぼした。

「オズワルド、私、やっと気がついたの……私はあなたを……」

クリスティーナは涙を呑み込み、声を振り絞った。

「愛しています」

心からの気持ちを吐露すると、気持ちの箍《たが》が外れ、言葉が次々と溢《あふ》れ出《で》た。

「あなたを愛しているの……いつの間にか、身も心もあなたの虜《とりこ》になっていたの——いいえ、きっと結婚式で成人したあなたに初めて出会った時から、ずっと心奪われていたのだわ。でも、恋も知らないうちに政略結婚を強いられて、それを認めるのが悔しくて、自分の本心に気がつかない振りなんかしていた。愚かだったわ。もっと早く、あなたに気持ちを吐露しておくべきだった。こんなに愛してしまうなんて……もう、遅いの？　取り返しがつかないの？　お願い、目を開けて。死なないで。私を置いていかないで……オズワルド！」

彼の手を握りしめたまま、枕元に突っ伏して啜《すす》り泣《な》いた。

「——やっと、言ってくれたな。意地っ張りの王妃殿」

バリトンの艶《つや》っぽい声が、頭の上で聞こえた。

クリスティーナは弾《はじ》かれたように顔を上げた。

オズワルドがぱっちりと目を開き、こちらを見つめていた。その黒曜石色の瞳は生気に満ちていて、とても重篤な人間のものとは思えなかった。

「オ、オズワルド！　あなた、生きているの？」

クリスティーナの声が歓喜のあまり裏返る。

「ごらんの通り、ぴんぴんしている」

むくりとオズワルドが半身を起こした。

あっけにとられて聞き返した。

「だ、だって……宰相の刃が深々と背中に刺さって……」

「ああ、この傷か？」

オズワルドは寝間着を捲《めく》り上げ、引き締まった背中をクリスティーナの方に向けた。肩甲骨の間に大きな絆創膏が張ってあるきりだ。

「かすり傷だ、大事ない」

「え――」

クリスティーナは安堵《あんど》と驚きで声も無く、目をぱちぱちした。

寝間着を直したオズワルドが、悪戯《いたずら》っぽく微笑《ほほえ》んだ。

「王たる私が出陣するのに、万全の準備をしない訳がなかろう。軍服の下に、鋼鉄製の防護服を着込んでいたんだ。宰相の短刀は防護服の合わせ目に入ったので、深く突き刺さったように見えたが、実際は途中で刃は留《とど》まり、大事には至らなかったのだ」

「あ、ああ……よかった、よかったわ……！」

感極まったクリスティーナは、オズワルドの首に両手を回しぎゅっと抱きしめた。

彼の息づかい、鼓動、体温──何もかもが、力強い生命力を全身に溢《あふ》れさせている。

「オズワルド、オズワルド……」

彼の耳朶《みみたぶ》や頬に口づけを繰り返し、何度も名前をささやく。

「クリスティーナ、クリスティーナ」

逞《たくま》しい両手が、しっかりと抱き返してくれた。

二人はどちらからともなく唇を寄せ、口づけを交わした。

「ふ……ん、んん」

小鳥が啄《ついば》むような口づけは、やがて唇を食《は》むようなものに変化しどんどん深くなる。オズワルドの舌が柔らかく口唇を舐《な》めてくる。自然に唇が開いて、受け入れていた。

「は……ん、ふぁ……」

彼の舌先がそっとクリスティーナの舌腹を擽《くすぐ》ると、背中に甘い痺《しび》れが走る。こちらからも舌を差し出すと、搦《から》めとられてきつく吸い上げられた。

「……んふ、ふ、んんぅ」

甘い鼻息を漏らしながら、クリスティーナはうっとりと熱い口づけを味わう。時に深く時に浅い口づけは延々と続き、しまいにはクリスティーナは全身の力が抜けてぐったりオズワルドの腕にもたれてしまう。

「……は、あ、ぁ、ぁ……」

ようやく唇が解放されると、クリスティーナは陶酔しきった表情を浮かべ、オズワルドの胸に上気した頬を押しつけ、口づけの余韻に浸った。

「――愛《いと》しいクリスティーナ」

艶っぽい声で耳元でそうささやかれたとたん、クリスティーナははっと我に返った。

「っ――ちょっと待ってください――じゃ、じゃあ、あなたが危篤だっていうのは、嘘《うそ》だったの⁉」

オズワルドは、悪戯がばれた子どものような表情で微笑んだ。

「ああ――クラウドに、君に嘘をついてくれるように頼んだんだ」

かあっと耳朶まで赤くなった。

「ひ、ひどいわ！　私、生きた心地がしなかったのに、そんな嘘をつくなんて……！」

オズワルドはいつものしれっとした顔で言う。

「こうでもしないと、君はいつまで経《た》っても、自分の本心を吐露してくれないと思ったからさ」

「本心って……」

「私を愛している、ってことだ」

まんまと嵌《は》められた恥ずかしさで、頭まで血が昇る。

「そ、そんなこと、わ、私、言いませんでしたから……！」

照れ隠しにぷいっと顔を背けると、オズワルドの手が顎の下に指を添えて、こちらを無理矢理向かせた。

「いやいや、君は確かに私を愛していると言った。そうだね、ガザム王よ」

オズワルドが同意を求めるように、ベッドの側の衝立《ついたて》の向こうに声をかけた。

「はい。しかとこの耳で、王妃様が陛下を愛している、と告白なされたことを聞きました」

ふいにクラウドが衝立の後ろから姿を現した。彼は穏やかに微笑んでいる。

オズワルドが喜ばし気な声を出す。

「ふふ、彼は初夜証明立会人ならぬ、愛情証明立会人だ」

「や……ひどい、二人して、私をだましたのね！　あんまりよ！」

恥ずかしい告白も熱烈な口づけも、すべてクラウドが聞いていたのだと思うと、恥ずかしくて恥ずかしくて穴があったら入りたいくらいだ。両手で真っ赤に染まった顔を覆って、いやいやと首を振る。

「——嘘をついて申し訳ありません、王妃様。でも、陛下はどうしてもあなたの口からお聞きになりたかったのですよ——陛下のお気持ちを汲《く》んで差し上げてください」

クラウドは誠実な声でそう言うと、優雅に一礼した。

「では陛下、私の役目はこれで終わりですね。私はこのまま、反逆者どもを引き連れ、祖国ガザムへ戻ります。おそらく、宰相の独裁政治で、国も混乱しているでしょう。まずは、祖国を建て直し、あらためて正式に和親条約の申し込みに参ります」

「感謝する、クラウド殿」

オズワルドはベッドの上で半身の姿勢を正し、礼を返した。

クリスティーナは思わずクラウドに声をかけた。

「もうお行きになるの？　陛下には言葉に尽くせないくらい、助けていただいたわ。私、きちんとお礼をしたいし、もう少し城でお休みになられてから——」

するとクラウドは、わずかに目を眇《すが》めた。

「最後までお心優しいお言葉、感謝します。しかし、一刻も早く祖国に戻りたいのが本心です。国まで警護兵隊を陛下に付けていただけるとのことで、道中も安心して行けますから——それに……」

一瞬だけ、クラウドの表情がかつての侍従レイクに戻った。

「王妃様のお側《そば》に仕えたことは、私の生涯大事な経験と想《おも》い出《で》です。これ以上、王妃様から頂くものは、なにもございません。では、失礼いたします」

そのまま彼はくるりと踵《きびす》を返し、王らしい堂々とした態度で部屋を出ていった。

「クラウド陛下……」

クリスティーナは声を詰まらせた。

過酷な運命に翻弄されたクラウドのことを思うと、胸が痛んだ。

「彼は誠実で立派な王だ。イムル国が再建されたあかつきには、ぜひとも永久和親条約を結びたいものだ」

オズワルドが感服したようにつぶやいた。

「オズワルド、あなたどうしてあの方を引き止めてくれなかったの？　せめて今日一晩くらい、お城で手厚くもてなしてあげたかったのに……」

クリスティーナの少し責めるような口調に、彼は子どもに言い聞かせるように答えた。

「いいかい、クリスティーナ。彼は実に見上げた男だ。そんな彼が、一日でも長く君の側にいてみろ——いや、もちろん私の方が遥《はる》かに王としての器は上ではあるが——」

「え？　どういう意味？」

クリスティーナはぽかんとして首を傾けた。

その無邪気な表情に、オズワルドはかすかに目元を染めた。

「む——クラウドの方も、まんざらでもなさそうだったからな」

ますます理解に苦しむ。

クリスティーナは顔を近づけて、オズワルドに問い正そうとした。

「わかりやすくおっしゃって」

ふいにオズワルドが乱暴に唇を塞いできた。

「あ……ん、んん、ぅ……」

いきなり息をも奪うような情熱的な口づけを仕掛けられ、苦しくてオズワルドの胸を拳で叩《たた》いたが、容赦なく咽喉奥まで舌を押込められ、口腔《こうこう》を掻き回された。

「ふ……ん、ん、ぁ、ふぅ……」

頭の中で甘い愉悦が弾け、理性が蕩《とろ》けていく。

ちゅっと音を立てて唇が離れると、クリスティーナは上気した顔で恨めしげにつぶやいた。

「……もう、ずるい人」

「でも、愛しているのだろう？」

オズワルドが勝ち誇ったように耳朶や頬に唇を押し付けてくる。

「私ばっかり……ずるいわ」

口惜しげに反論すると、オズワルドが心外だとばかりに目を見開いた。

「クリスティーナ、私はとうに君のことを愛していると、告白したんだがな」

今度はクリスティーナが目を丸くする番だ。

「うそ……そんなの、いつ？」

オズワルドが肩を竦《すく》めた。

「結婚式当日、パレードの馬車の上で、思い切って言ったのに、覚えていないのか？」

「え？」

必死にあの時のことを思い浮べる。まだ政略結婚に混乱していて、馬車の上では皮肉の応酬をしていたことしか、思い出せない。

泣きそうな顔で頭を振っているクリスティーナに、オズワルドはやれやれという風にため息をついた。

「やっぱりな、君は戯《ざ》れ言《ごと》だなんて軽く受け流したからな。私としては崖から飛び降りるくらいの勇気を持って、告白したんだがな。ああ素っ気なくされては、さすがの私も挫《くじ》けてしまうというものだ」

クリスティーナはしょんぼりとうなだれた。

「だって、あなただって冗談まじりに言ったのでしょう？　本気だなんて、わからなかったもの……」

そっと顎を持ち上げられた。

目を合わすと、オズワルドが怖いくらい真摯な表情で見つめている。

「では、今度こそ真剣に告白しよう」

クリスティーナは心臓が飛び出すほど緊張した。まるで、今初めてオズワルドに出会い、告白を受けているような気持ちだった。

「君を愛している、クリスティーナ。ずっと前からだ。ずっと君だけを愛している。そして、その気持ちは私が死ぬまで変わらない」

「オズワルド……」

嬉《うれ》しくてたまらないのに涙が溢《あふ》れてくる。震える声で答える。

「私も……オズワルド、あなたを心の底から愛しているわ。好きよ、好きで好きで、たまらないの、こんなにも誰かを愛おしく想う日がくるなんて、思ってもいなかったわ」

潤んだ紫色の瞳で見つめると、オズワルドが熱っぽく見返してくる。

「クリスティーナ、そんな殺し文句をそんな可愛らしい唇で言われては、どんな男も腑《ふ》抜《ぬ》けになってしまう——」

酩酊《めいてい》したような掠《かす》れた声で言われ、腰にぞくりと戦慄が走った。

「では、その愛情に応えねばな」

抱きすくめたままシーツの上に押し倒された。

「あ——いけないわ、あなたは怪我《けが》人で……」

オズワルドの凶暴なほどの欲望を感じ、クリスティーナはすくみ上がる。

「こんなものかすり傷だ」

性急にドレスの釦《ぼたん》を外される。あっという間にコルセットまで外され、まろやかな乳房が剥《む》き出《だ》しになってしまう。

「もうっ、強引なのだから……っ、あ……」

男の顔が乳房の狭間《はざま》に埋められ、高い鼻梁《びりょう》が柔らかな乳肌を撫《な》で回すと、痛いほど下腹部が疼いてしまった。

「強引なのが、好きだろう？」

いつもの少し尊大な口調で、オズワルドがささやく。意地悪な言葉も艶麗な美貌で言われると、まるで口説かれているように錯覚してしまう。

「き、きらいでは、ない……わ」

恥ずかしくて消え入りそうな声で答えると、我が意を得たりとばかりににやりとされた。

「そうだろう？　私はいつだって、君の気に入ることしかしないと決めている」

そう言うや否や、つんと尖《とが》り始めていた赤い乳首を、こりっと甘噛みされた。

「つうっ、あ、や、痛くしないで……っ」

背中を波打たせて身悶《みもだ》えると、さらに濡《ぬ》れた口腔にちゅうっと乳首を吸い込まれた。

「ひぅ、あ、はぁ……っ」

じんと甘い疼《うず》きが子宮の奥へ走っていく。

「痛くされるのもきらいではない、そうだろう？」

敏感な乳首を左右交互に口に含み、オズワルドが意地悪くささやく。

「ん、やあ、ひどいわ……あ、ぁあん」

もはや否定出来ず、彼の与える愛撫《あいぶ》に身体がじわりと蕩けてしまう。オズワルドの艶《つや》やかで長い髪が素肌を撫で回す感触にすら、鳥肌が立つほど震えてしまう。

「ひどくされるのも、きらいではないな？」

たたみ掛けるように恥ずかしい台詞《せりふ》を言われ、全身が薄桃色に染まってしまう。オズワルドの片手がスカートを大きく捲《めく》り上《あ》げ、下肢を露《あら》わにする。ひやりと肌をなぶる空気にすら、甘く感じてしまう。太腿《ふともも》の狭間に大きな掌《てのひら》が忍び込んでくると、とろんと媚肉が潤《うる》う。

「ん、あ、好きよ……」

乱れた息の中で、思わず口にしてしまう。

オズワルドがドロワーズを引き下ろし、和毛《にこげ》を撫《な》で回《まわ》し指を潜らせてくる。軽く秘裂を上下に辿《たど》られただけで、膣襞《ちつひだ》が熱くうねった。

「ここも――私に弄《いじ》られるのは、嫌いか？」

まだ意地悪なことを言う。

クリスティーナはもどかし気に腰をくねらせ、背中を仰《の》け反《ぞ》らす。

「す、好き……」

ふいに長い指がくちゅりと蜜口を掻《か》き回《まわ》した。たちまち身体中に淫らな火が点《つ》く。

「あっ、あぁっ」

抑えきれない情欲に、全身がはしたなく身悶える。

「可愛い、愛し過ぎる――クリスティーナ、私だけの愛しい女性《ひと》」

胸元を舐《ねぶ》っていたオズワルドの舌が、ねっとりと鎖骨から首筋、熱を持った耳殻へと這《は》い上《あ》がってくる。愛を告げるささやきとともに、濡れた舌が無防備な耳孔へと押し込まれる。

「はあっ、あ、そこ、やぁ、あ、弱くて……あぁ、あん」

鼓膜にくちゅくちゅと舌が蠢《うごめ》く淫らな音が響き、ぞくぞくする感触に全身が引《ひ》き攣《つ》る。感じやすい耳を攻めながら、オズワルドの指は絶え間なく媚肉を掻き回す。

「……く、ふぅ、あ、はぁ、あ、や、も……」

すでに感じ過ぎて息も絶え絶えになってしまう。

耳を嬲《なぶ》っていた舌が、今度は首筋、肩口とゆっくり胸元へ戻ってくる。時おり強く吸い上げられ、真っ白な肌に赤い刻印がくっきりと押されていく。

「ここもここもここも——全部私のものだ。すべてに私のものだと、印をつけたい」

オズワルドは何かに取《と》り憑《つ》かれたかのように、執拗《しつよう》に肌を吸い上げる。

「つぅ、あ、だめ、そんなにしちゃ……あぁ、わ、私のすべては、あなたのものだからぁ……っ」

肌の灼《や》け付く痛みすら被虐的な悦《よろこ》びにすり替わり、クリスティーナは艶《つや》めいた喘ぎ声を上げ続ける。

男の指が蠢く膣襞は、もはやぐっしょり濡れそぼり、妖しい期待に満ちてきゅうきゅうと収縮を繰り返す。その疼きは恐ろしいまでに執拗にクリスティーナを責め立てる。

「ふ、はぁ、あ、お、お願い……あぁ、オズワルド……欲しいっ」

ねだるように腰をくねらせ、内部に突き立てられた指を締めつけると、柔肌を味わっていたオズワルドが、欲望に濡れた瞳で見つめてくる。彼は片手でもどかし気に下履きを緩めながら、ため息まじりの声で言う。

「君が欲しいものはなんだって与えてやる——今、君が一番欲しいものは、なに?」

今は彼の焦らすような意地悪な言葉も、官能に火を注ぐだけだった。

飢えた膣腔から指が抜け、両足を割り開かれると、せつないほど媚襞が震えた。

「あ、あぁ……あなたよ、オズワルド、あなたが一番欲しいの……いつだって、どこだって、あなただけが一番よ……っ」

彼の頭をきつく掻《か》き抱《いだ》き、引き寄せる。

「その言葉を、待っていた」

熱く硬い先端が疼ききった秘裂に触れるだけで、全身が快感に戦慄《わなな》いた。

いつもの荒々しい挿入と違い、オズワルドはゆっくりと欲望を押し入れてくる。

「はぁっ、あ、あぁ……オズワルドっ」

身も心もひとつに溶け合う愉悦に、クリスティーナは感極まった嬌声《きょうせい》を上げた。

「っ——君の中、いつもよりもっと、熱くてきつい」

オズワルドの白皙《はくせき》の美貌が快感に歪む様があまりにも扇情的で、クリスティーナは無意識に何度も締めつけては、男の欲望を奥へ誘おうとする。引き込まれるように男の剛直がすべて収まり、それからゆっくりと引《ひ》き摺《ず》り出《だ》される。

「ふ、あぁ、ああっ、あっ」

濡れ襞を太い肉茎が擦っていく感触に、クリスティーナは仰け反って喘《あえ》いだ。

「い、いい……あぁ、オズワルド、すごく、よくて……」

「もっともっと、よくして上げる、クリスティーナ」

オズワルドは彼女の膝裏に手をかけM字型に大きく開き、膝が胸元に密着するほどに折り曲げ、最奥まで貫いてきた。

「ひうっっ、あ、あぁぁぁあぁっ」

悲鳴のようなよがり声を上げながら、クリスティーナはたちまち絶頂に達してしまう。びくびくと腰が痙攣《けいれん》し、収縮を繰り返す濡れ襞は、灼熱《しゃくねつ》の屹立《きつりつ》をきつく咥《くわ》え込む。

「ああすごいね――もう達してしまった？　もっと上げよう」

深々と肉棒を埋め込んだまま、オズワルドはずくずくと激しく穿《うが》ち始める。

「ひあぁ、あ、また……っ、あぁ、また達《い》く……あぁ、だめっ」

壊れてしまうのではないかと思うほど強く揺さぶられ、間断なく喜悦の波が襲ってくる。クリスティーナは身も世もないほど喘ぎくるい、際限なく達し続けた。

「……やぁ、もう、やあ、おかしくなる……だめ、あぁ、オズワルド……っ」

絶頂に達する間隔がどんどん短くなり、遂《つい》には昇り詰めたままの恐ろしいほどの愉悦地獄に陥り、クリスティーナは我を忘れて嬌声を上げた。

だが何度達しても、オズワルドの攻めはますます激昂《げつこう》する。知的な額に珠《たま》のような汗を浮かべ、烏《からす》の濡れ羽色の長髪をおどろしく乱し、嗜虐《しぎやく》めいた笑みを浮かべたまま、力任せに腰を打ち付けてくる。

「あ、あ、あぁ、すごい……あぁ、も、だめ、あぁ、だめ……っ」

がくがくと揺さぶられながら、クリスティーナは随喜の涙をぽろぽろこぼす。粘膜の打《ぶ》ち当《あ》たるずくずくという淫らな音が耳孔に響き、羞恥で気が遠くなる。オズワルドが腰を引くたびに、ごぽりと泡立った淫蜜が掻《か》き出《だ》され、シーツをびしょ濡れに汚していく。

「んん、ぅ、あ、オズワルド……あぁ、もっと……」

もっと乱してもっと壊してもっと感じさせて欲しかった。

「いいとも、いくらでも、何度でも、クリスティーナ」

オズワルドはクリスティーナの華奢《きやしや》な身体を二つに折り曲げるようにして、真上からがつがつと熱い衝撃を与えてきた。

「ひ、あ、やぁ、あ、溢れて……あぁ、出ちゃう……あぁ、溢れて……っ」

感じやすい部分を直撃され、じゅわっと熱く大量の愛潮が噴き出し、互いの股間をはしたなく濡らしてしまう。

「可愛い——こんなに乱れて——たまらないよ、可愛過ぎる、クリスティーナ」

互いの気持ちを通じ合った二人は、めくるめく歓喜の波に飲まれ、忘我の極地で官能を貪った。

（私……こんなにも愛されてた……どうしてもっと早く素直にならなかったの？……でも、辛いことも悲しいこともあったからこそ、乗り越えた今の私たちがあるのかもしれない……）

愉悦で朦朧《もうろう》とした頭の隅で、クリスティーナはこれまでのオズワルドとの日々を走馬灯のように思い返していた。

そして、最後に鮮烈な絶頂の高波が襲って、すべての思考を洗い流した。

「あぁあ、あ、だめ、もう、だめ、ああ、オズワルド、も、死ぬ……死んじゃうわ……っ」

咽喉も枯れんばかりに嬌声を上げ、クリスティーナは子宮口に弾ける愉悦に意識を手放した。

ひゅうっと浅く息を吸い込むと、全身が硬直してびくびくと痙攣《けいれん》を繰り返す。

「クリスティーナ——っ」

オズワルドは低く呻《うめ》くと、クリスティーナの腰を引き上げ最奥へ欲望を突き入れた。どくんと、肉茎が脈動し、熱い白濁が噴き上った。

「あ、あぁあ、あぁあぁあっ」

身体の奥底で、オズワルドの半身が力強く何度も跳ねる。熱い精が一滴残らず注ぎ込まれるのを感じながら、クリスティーナはぐったりと脱力した。

「は——」

最後にぶるりと腰を震わせ、オズワルドの動きも止まる。

「……は、ぁ、はぁ、はっ……」

短い呼吸を繰り返し、クリスティーナは愛する人とひとつになる幸福にうっとりした表情を浮かべた。ゆっくりと意識が回復してくる。

これほど満ち足りた至福感は、他に知らない。

汗を吹き出したオズワルドの熱い身体が、覆《おお》い被《かぶ》さってくる。

はだけた胸と胸が合わさると、互いのどくどく脈打つ鼓動が力強く感じられ、涙が出そうなほどの幸福感を感じた。

「オズワルド……」

まだ視線の定まらない目で彼を見上げ、首に手を回して抱きしめる。

「愛しているよ――クリスティーナ」

汗に濡れた彼の唇が、そっと口づけをしてくれる。

「私も、愛しているわ」

頬を刷り寄せるようにして、口づけを返す。自分の心に素直になると、こんなにも解放されて幸せな気持ちになるのだと、初めて知った。

「これからもずっと――」

「ええ、ずっと……」

まだ身体を繋《つな》げたまま、若い二人は次第に深くなる口づけに溺れていく。

そして、愛を確かめ合うべく、再び甘く止めどない官能の世界に沈んでいくのだった——。


ガザム国へ連行されたムソリー宰相は、厳しい取り調べの末、すべての謀略を自白した。

大陸独裁の野望に捕らわれた彼は、前アルランド国王と前イムル国王の暗殺の指揮をとったことも認めた。

正式な裁判にかけられたムソリーは、すべての爵位財産を剥奪《はくだつ》され、一市民として砂漠の真ん中にある堅牢《けんろう》な刑務所で、終身刑に服することになった。

クラウドは再び王座に返り咲き、新たな共和国家としてガザム王国を再建することを国民に誓った。

政情不安に揺れた大陸は、アルランドとイムルが統合し一大国家となったことと、軍事国家だったガザムが共和国になったことで、権力闘争が鎮火し、平和な空気に包まれた。

エピローグ

アルランド国の高い嶺峰《れいほう》の雪が溶け始める、早春。

その日は、新国王オズワルドの二十二歳の誕生日であった。

早朝、クリスティーナは王家専用の廊下を抜けて、オズワルドの政務室へ向かっていた。

いつもオズワルドは夜明けと共に起き出して、その日一日の政務の予定を重臣たちと立てるのが習わしだ。

朝食前のこの時間は、会議も一段落し、オズワルドは政務室の次の間の休憩室にいるはずだ。

クリスティーナは、胸に小さな贈り物の包みを抱えて小走りで急いだ。

今日は王の誕生祝いで、公的機関や施設はすべて休みとなり、昼過ぎから大々的な式典が行われる予定だ。その後は、城の正門を開放し、一般参賀となる。王と王妃が揃《そろ》って大広場前のバルコニーに姿を現し、民たちに挨拶をするのだ。

互いに慌ただしく忙しくなる前に、二人きりでオズワルドの誕生日を祝いたかった。

（このプレゼント、気に入ってくれるかしら……）

渡した時の彼の喜ぶ表情を想像し、胸がどきどきしてくる。

息を切らして休憩室への裏扉から中へ入ると、オズワルドの姿はなかった。

「オズワルド……いらっしゃらないの？」

呼んでみたが返事はなく、なにか所用で席を外しているらしい。

少し待っていようと、長椅子に腰を下ろした。

何とはなしに部屋を見回していると、部屋の隅の黒檀《こくたん》の小さな書き物机の引き出しの一番下の段が、わずかに閉め忘れてあるのに気がついた。

「きっちりしたあの人には、珍しいわね」

きちんと閉めようと机に近づき、引き出しの取っ手に手をかけようとして、はっとした。

小さな白い絹靴が片方見える。

子供用らしい。

なんだろうと思わず取っ手を引くと、勢い余って引き出しが抜け、ばらばらと中身が床に散乱した。

「いけない、私ったら……」

慌ててしゃがみ込んで、中身を拾い集めようとした。

「!?」

手に取った白い絹靴に、見覚えがある。靴底を見ると、イムル国の紋章である白百合《しらゆり》が刺繍《ししゅう》されていた。

「あ、これ、子どもの頃の私の靴だわ！」

よくよく床に散らばった物を見ると、小さなレースのハンカチ。可愛らしいピン留め。そして、紐《ひも》で束ねた銀色の髪の毛の房――。

「全部、私のものだ……」

昔、オズワルドに意地悪されて、隠されたり奪われたりした物ばかりだ。

髪の毛は、確かオズワルドにアーモンド菓子を髪に付けられて、仕方なく侍女に切り取ってもらったものだ。くず入れに廃棄されていたはずなのに――。

訳が分からず、その場にぼんやりしゃがみ込んでいた。

「クリスティーナじゃないか。わざわざ来てくれたのか？」

ふいに背後から声をかけられ、ぱっと肩越しに振り返る。

戸口に、オズワルドがにこやかに立っていた。

「早朝から思わぬ来訪とは、嬉《うれ》しいな――」

近づいてきたオズワルドは、抜けた引き出しと床に散らばったものを目にし、ぎくりと足を止めた。

「な――なにを、している？」

声が異様に強《こわ》ばっている。

クリスティーナはゆっくりと立ち上がった。彼の狼狽《ろうばい》ぶりで、なにもかもが腑《ふ》に落ちたのだ。

「これ、なにかしら？」

クリスティーナは立ち上がりざま拾い上げた靴と髪の毛を、オズワルドの前に突きつけた。

オズワルドは目を見開いて、口をつぐんでいる。

「昔、私があなたに隠された靴の片方よね。それとこれは、あなたにべたべたなお菓子を髪の毛に付けられて、泣く泣く侍女に切ってもらった髪の毛だわ」

「う――」

オズワルドの白皙の頬にかすかに血が昇ってくる。

クリスティーナは言い募る。

「そこのハンカチもお気に入りだったピン留めも、全部あなたに取り上げられて泣かされた物だわ。どういうことかしら？」

オズワルドは目線を逸《そ》らし、気まずそうにつぶやいた。

「それは――私の、子どもの頃の宝物だ……」

「え？　なんですって？」

クリスティーナはわざと聞こえなかった振りをした。

オズワルドはもはや観念したのか、まっすぐ顔を向けてきた。

「私は、最初に出会った時から、ずっと君のことが好きだったんだ！　だが、子どもだったから、君の気を引くやりかたがわからず、悪戯や意地悪ばかりしてしまったんだ！」

クリスティーナは思わず頰が緩んでにまにましそうになるところを、必死で抑えて怒るふりをした。オズワルドに一矢報いる機会など、早々ない。

「まあ、そうだったの。おかげで私は、意地悪なアルランド国王太子のことが、大嫌いになってしまったのよ」

オズワルドは悔しげな表情になる。

「それは――私の生涯の大失敗だった。だから、政略結婚の話がなくても、私は成人したら君に気に入られるよう努力して、いずれはプロポーズするつもりだったんだ」

クリスティーナは、もはや怒った顔を保つことはできなかった。

苦笑しながら言う。

「私があなたを気に入らなかったら、どうするつもりだったの？」

オズワルドはむきになって答えた。

「それはない。何が何でも、君を私の妻にするつもりだった」

「さすがに、筋金入りの自信家ね」

オズワルドが閉口したように両手を挙げた。

「頼むよクリスティーナ。もう許してくれ。時効だろう？」

遂にクリスティーナは、声を上げて笑い出す。

「ふふ、あなたのそんな困ったお顔、初めて見たわ」

オズワルドがむっとした表情で、さらに近づいてくる。

「君、私をからかっているな」

「いいえ」

クリスティーナはそっと両手を彼の首に回す。

「嬉しいのよ、とっても――こんなにも愛されて」

オズワルドがみるみる安堵するのが、手に取るようにわかった。

「ああもちろん――愛しているよ」

二人はちゅっと音を立てて軽い口づけを交わした。

そして、互いにふふっと微笑《ほほえ》み合う。

「それにしたって、子どもの私を泣かせることばかりして。お茶の時間に、大好きなお菓子を食べかけて、取り上げられたこともあったわね」

「ああ、あのリーフパイか。あれも紙に包んで大事にしまっておいたんだが、あるとき見たらすっかり黴《か》びていて、さすがに捨てざるを得なかったな」

二人は同時にぷっと吹き出した。

「もう、いやだわオズワルドったら」

「私は世界一の君のマニアだからね」

すっかり打ち解けた二人は、床のものを拾い集め、再び引き出しに仕舞《しま》った。

「さあ、じゃあ今度は私から、新しい宝物を差し上げてよ。お誕生日おめでとう、オズワルド」

クリスティーナは携えてきた贈り物の包みを、オズワルドに差し出した。

オズワルドの瞳が少年のように輝く。

「ありがとう、なんだろう？」

「どうぞ、開けて」

オズワルドが包みを解くと、中から勲章用のサッシュが現れた。光沢ある金色の幅広の布に、丁寧に刺繍の縫い取りがしてある。その模様は、アルランド国の紋章の天馬とイムル国の紋章の百合《ゆり》の花を組み合わせた、複雑で手の込んだものだった。

「これは——素晴らしい！　もしかして、この刺繍は君が？」

オズワルドが感嘆のため息を漏らした。

クリスティーナは恥ずかしげにうなずく。

「私、あまり縫い物が得意ではないので、上手《うま》く出来たかどうか……一年がかりで作り上げたのよ」

「あ——では、時々君が部屋でこっそりなにか縫い物をしていたのは、これだったんだね」

「ええ——あなたにばれないようにと、ひやひやしたわ」

オズワルドは、さっと肩からたすき掛けにサッシュをかけた。そしてポーズを取ってみせる。

「どうだろう？　似合うかな？」

その美麗な姿に、クリスティーナは思わず手を打ち鳴らした。

「ああ、とてもお似合いだわ！　素敵！」

「よし、午後の式典はこれを着けて出席するよ」

満足げにうなずいたオズワルドは、ぐっとクリスティーナの身体を引き寄せ、耳元で熱くささやく。

「ありがとう。ほんとうに嬉しいよ。こんなに嬉しい贈り物は、生まれて初めてだ」

「オズワルド……」

クリスティーナは両手を彼の首に回し、きつく抱きしめた。

「愛しているわ」

「私もだよ、愛している」

クリスティーナはそっとオズワルドの耳朶に唇を寄せ、甘くささやいた。

「あのね、オズワルド。誕生日のお祝いに、もうひとつ贈り物があるの」

オズワルドがわずかに身を離し、にこやかに彼女の顔を覗《のぞ》き込《こ》む。

「そうか、あとひとつはなんだい？」

クリスティーナは肌理《きめ》の細かい頬を薔薇色に染め、含羞《はにか》みながら言った。

「……あの、私……赤ちゃんが、できたみたいなの」

「っ――」

オズワルドの目は驚きに見開かれ、彼は一瞬声を失った。

それから覗き込むようにクリスティーナの顔を見つめ、声を震わせた。

「ほ、ほんとうか？」

クリスティーナは、こそばゆい顔でこくんとうなずく。

「はい――今朝起き抜けに、お医者さんに診ていただいたの。先日から、なんだか胸焼けや目眩《めまい》がするものだから……」

「よくやった、クリスティーナ！　ああ、最高だ、今日は最高の日だ！」

オズワルドは歓喜して力任せにクリスティーナの身体を抱きしめた。それから、慌てて手を緩める。

「おっといかん、乱暴にしてはいけないな」

クリスティーナはくすくす笑った。

「ふふふ、今朝のあなたは困ったり、怒ったり、喜んだり、驚いたり、お忙しいわね」

「ああ、この喜びをどう表現したらいいんだ。踊り出したい気分だ！」

オズワルドは上気した顔を近づけ、クリスティーナにちゅっと口づけをした。

「ん……」

「ありがとう、ありがとう、クリスティーナ。愛している、愛しているよ」

彼は何度も唇を食むように口づけを繰り返し、感極まったオズワルドの口づけは次第に深くなっていく。

「ふ……んん、ん」

そっと唇を開いて彼の舌を受け入れる。いつもと違って、オズワルドの舌は探るようにクリスティーナの口腔を弄《いじ》る。柔らかく舌先を合わされると、じんと痺《しび》れるような甘い痺れが背中を駆け抜けた。くったりと身体を彼にあずけると、今度は強く舌を吸い上げられた。

「ん、ふ、ふぅ……ん」

想《おも》いの丈を伝えるような熱く激しい口づけに、クリスティーナはかつてないほどの穏やかな充足感に満たされていた。

長い口づけの後、そっと顔を離したオズワルドは、今さら気がついたように顔を赤らめた。

「いかん、嬉しさのあまり夢中になってしまったが――体調はどうだ?」

「ふ……大丈夫です。こうしてあなたといれば、落ち着きます」

「そうか――これからが大事だ。今までより、もっともっと大切にするよ」

「嬉しい……うんと幸せにしてくださいね」

「もちろんだ」

それから二人は手をしっかり握り合い、朝食を摂《と》るために食堂へ向かった。

「食欲があるのなら、何でも好きな物を料理長に言うがいい」

「あらよかった、そうしたらエルベチーズが食べたいわ」

「う――朝からあのチーズが食卓に出るのか」

「ふふ、まだ慣れないみたいね」

「いや――ぜんぜん慣れた、まったく問題ない」

「まあ、相変わらず強情なんだから」

「寛容であると、言ってくれ」

気の置けない会話をしつつ、二人は幸せそうに微笑み合う。

「おおそうだ。今日の式典には、賓客としてガザム国王も臨席されるぞ」

「まあクラウドが、お懐かしい！　早くお会いしたいわ」

「言っておくが、彼は美しい婚約者の令嬢と一緒だ」

「おめでたいことばかりね。でも、なんで釘《くぎ》を刺すみたいな言い方をなさるのかしら」

「ふん、ほんとうは君を、式典とか公衆への挨拶などに参加させたくないんだ。身体も身体だしね」

「気分が悪ければすぐに退席するわ。王妃としての務めは果たします」

「そういう意味ではない」

「じゃあ、どういう意味なの？」

一瞬気まずそうに口をつぐんだオズワルドは、咳払《せきばら》いしながら答えた。

「こんな美しい王妃を人前に出したら、皆が君に恋してしまうだろうからね。私の周りは恋敵だらけになりそうだ。いやもちろん、誰も私の足元にも及ばないのはわかりきっているが」

クリスティーナは朗らかに笑った。

「あなたってば、ほんとうにうぬぼれ屋さんね」

笑い転げながら、彼女は付け加える。

「そこが、大好きよ。オズワルド」

朝日が高く昇り出した空は、雲ひとつない快晴で、若き国王の誕生日式典にはうってつけの天気となりそうだった。

あとがき

皆さん、こんにちはと初めまして、すずね凜です。

今回のお話は、ヒロインヒーロー共にツンデレなカップルです。


乙女系のお話は、大抵はハッピーエンドは結婚という形が多いのですが、このお話は、結婚してから、二人はどうやって互いの本心に気がつくか、というのがテーマです。

長いこと付き合ってきた恋人同士でも、いざ結婚して一緒に住んでみると、知らないことがいっぱい出てくると思います。

特にそれは、食事に顕著なのではないでしょうか。

このお話でも、国の違う二人が、食べ物の好みで言い争うシーンがありますが、実際の夫婦にも味覚の相違はあると思います。

私の両親は、関東出身の母と関西出身の父でして、薄味で育った父は、新婚当初、母が作る濃い味の料理に閉口したそうです。

しかも、母の実家の食事習慣は、なんにでもソースをかけるのです。

私は子どもの頃、ずっと天ぷらにソースをかけて食べていました。それが当たり前だと信じていたので、学校に通いだし、友だちとたまたま天ぷらの話になって、初めて「天つゆ」なるものの存在を知ったのです。

「え？　うちはソースをかけるよ」

と、言うと、友人全員がえーっという顔をしました。

「ないわ、天ぷらにソース」

「フライと間違えてない？」

口々に言われ、ひどく恥ずかしい思いをしたのを、今でも覚えています。

食習慣で言えば、お正月の我が家のお雑煮は、関東風のすまし汁でしたが、具材が大根しか入っていませんでした。

それは、母の実家の習わしで、質素な気持ちを忘れないために、お雑煮の具は大根だけ、と決められていたそうです。私はもの心がついていからずっとそういうお雑煮でしたから、疑問は持たなかったのですが、関西人の父はこれにも内心驚いていたみたいです。

大人しい性格の父は、普段は母の料理にまったく文句を言わず、黙って食べていました。けれど、なにかのおりで母が不在に時には、父は自分で料理して、薄味のうどんなど私に作ってくれました。

「お母さんの料理は、何でも真っ黒でまいるよ」

と、醤油をどっさり入れて作る母の料理のことを、ちょこっとだけ批判していました。

そんな父だったのですが、何十年も母の料理で暮らしていていると、いつの間にか、それが我が家の味になってしまったようでした。

年老いた父が長患いで入院し、やっと家に戻ってきたとき、父は真っ先に、

「おい、飯」

と、母に催促し、出された料理をそれはそれは美味しそうに食べていました。

ああ、夫婦ってこうやって同じ味に同化していくのだな、とその時に思ったものです。


今は、私は実家から独立し、自分の家をもって暮らしています。

同居人は秋田の人で、やっぱり味覚は少し私とは違います。

きりたんぽ鍋やしょっつる鍋というものを、同居してから初めて食べました。すき焼きに玉ねぎを入れるというのも、初めて体験しました。

意外に人間って、食の幅が狭いもので、違う食生活の人と暮らすと、なかなかに新鮮です。

そして同居人は、天ぷらは醤油をかけます。

私はソースをかけます。

外食先では、天つゆや塩で頂きます。

結局、どれでも美味しければノープロブレムですね。

いずれこうやって、我が家の味ができていくのでしょう。

食べ物の話は尽きません。

いずれまた、今度は外国での食のカルチャーショックのお話でもしたいです。

さて、今回も華麗で素敵な挿絵を描いてくださった、ウエハラ蜂先生に感謝をいたします。ヒロインの可憐さと、ヒーローのちょっとだけ傲慢な感じがとても素敵です。私事ですが、姪がウエハラ先生の大ファンで、挿絵を描いていただけるだけで、彼女にものすごく尊敬されちゃうんです、うふふ。

そして、いつも叱咤激励してくださる編集さんにも多大な感謝を。

最後に、読んでくださった読者様に最大級のお礼を申し上げます。

より愉しくロマンチックで官能的なお話を書けるよう、今後も努力したいと思います。

それでは、次回もまたどこか別のお話でお会いできますように！

すずね凜

Mitsuneko Label

蜜猫文庫をお買い上げいただきありがとうございます。
この作品を読んでのご意見・ご感想をお聞かせください。
あて先は下記の通りです。

〒102-0072　東京都千代田区飯田橋 2-7-3
(株)竹書房　蜜猫文庫編集部
すずね凜先生 / ウエハラ蜂先生

溺愛偽婚
～新妻は淫らに乱され～

2016年2月29日　初版第1刷発行

著　者　すずね凜　©SUZUNE Rin 2016

発行者　後藤明信

発行所　株式会社竹書房
〒102-0072 東京都千代田区飯田橋 2-7-3
電話　03(3264)1576(代表)
03(3234)6245(編集部)

デザイン　antenna

印刷所　中央精版印刷株式会社

Printed in JAPAN
ISBN978-4-8019-0640-2　C0193
この作品はフィクションです。実在の人物・団体・事件などには関係ありません。

すずね凜
Illustration なま
皇帝陛下の溺愛婚
獅子は子猫を甘やかす
もう待たない。お前は
もはや私のものだから。
幼い頃から憧れていた美しく凜々しい皇帝レオポルドに見初められ、側室に召し上げられたシャトレーヌ。獅子皇帝と呼ばれ気性が荒いことで有名な皇帝は年より幼く見える彼女を、マ・シャトン（私の子猫）と呼んで舐めるように溺愛する。「これで――お前はほんとうに私のものだ」逞しい彼に真っ白な身体を開かれ、毎日のように愛されて覚える最高の悦び。さらにレオポルドはシャトレーヌを唯一人の正妃にすると言いだして――!?

白石まと
Illustration みずきたつ
王太子殿下と秘密の貴婦人
なんでもするのだろう？
公爵夫人シャルロットには、短い間、男装して大学に通っていたという秘密があった。公爵の没後、王太子フランシスに結婚を勧めた彼女は、彼に自分の変装であった少年のことが忘れらないと告白される。「あなたは彼に面影が似ている。女性の躰を私に教えてください」王太子の迷いは自分のせいだと悩んで強く拒めず、未知の悦楽に落とされるシャルロット。公爵とは清い関係で彼女が純潔だと知った王太子は益々彼女に執着して!?